Katharina Wegmann
Ein Glas Wasser

AF191734

Katharina Wegmann
Ein Glas Wasser

Von einer, die die Welt nicht versteht

UngekürzteTaschenbuchausgabe
Herstellung: Books on Demand GmbH, Norderstedt
© 2001 Katharina Wegmann
Alle Rechte liegen bei der Autorin
Umschlag: Hansjörg Richter
Umschlagabbildung: Katharina Wegmann
Korrektur: Gesa Grünewald
ISBN 3-8311-2995-9

Wegkreuzern gewidmet

Ohne Übergang

„Liebling, wo bleibst du denn?", rief er immer, „ich kann nicht schlafen ohne dich."

„Komme schon."

Meinen kalten Po kuschelte ich an seinen warmen Bauch. Die Körper verwurschtelten sich zu einem verworrenen Knäuel, bis keine Stelle unbedeckt blieb und unerwünschte Albträume uns gar nicht erst finden konnten in beschützter Paradieslage. Hier fühlte ich mich geborgen wie sonst nirgends.

„Ach, sind wir nicht ein schönes Paar?", hauchte er.

Wir waren ein tolles Gespann. Ein Herz und eine Seele. Er liebte mich sehr. Ich ihn auch.

Als die Geschichte begann, wusste ich nicht, dass es eine Geschichte ist.

Der Schnee fiel nass und schwer auf den Asphalt und schmolz zu schmierigen Pfützen. Hameln ist eine Kleinstadt und liegt an der Weser, südlich von Hannover. Bei genauer Betrachtung der renovierten Fachwerkhäuser konnte man meinen, hinter winzigen Fenstern und krummen Holzbalken lauerte ein weiser Gesichtsausdruck. Seit ihrer Entstehung sahen und erlebten sie einiges, obwohl sie nicht leben und auch nicht sehen können, sondern seit Jahrzehnten bewegungslos an ein und demselben Ort feststanden, mit ein und demselben Blickwinkel auf den Altstadtzentrumsplatz. Sie hatten beste Aussicht auf vorbeiziehende Menschen in vorbeiziehende Geschehnisse verwickelt. Ihre verwinkelte Front schaute mich schräg von der Seite an. Ich drehte ihnen den Rücken zu und ließ dampfenden Glühwein in mich hineinlaufen. Die Nüsse sogen die Flüssigkeit in sich auf und zergingen ohne zu kauen auf der Zunge. Herrlich diese Weihnachtsmarktdezemberstimmung.

Jemand tippte mir auf die Schulter.

„Bist Du es wirklich? Frauke?", freute sich eine längst vergessene Schulfreundin, „dass ich dich hier treffe."

„Wir haben uns ja eine Ewigkeit nicht gesehen", ergötzte ich mich, „lass dich anschauen. Gut siehst du aus."

„Mir geht es ausgezeichnet. Ich habe mich soeben scheiden lassen", verkündete sie sichtlich erleichtert, „endlich habe ich meine Freiheit wieder. Darauf trinken wir. Komm, ich geb einen aus."

Bei dem Geschwafel von Scheidung, Freiheit und ausgezeichnet wurde Hans hellhörig und mischte sich dazwischen.

„Das ewige Aneinanderbinden würde mich auch nervös machen", schlürfte er in den Becher.

„Ach der Hans", staunte sie, „wenigstens euch zwei gibt es noch zusammen. Wie lange schon?"

„Och", meinte er, „12 Jahre."

„12 Jahre?", staunte sie. „Heiratet ihr?"

Er schaute mich an, überließ mir die Antwort. Inmitten des urigen Lebkuchenherzumfeldes, fiel mir eine unurige Aussage aus dem Mund und landete vor seinen Camelschuh bekleideten Füßen. Die schief ausgelatschten Dinger trugen ihn, wohin er ging. Fest verbunden gehörten sie zu ihm und kleideten sie irgendwann nicht mehr seine Füße, fiele ich auf der Stelle tot um. Bodenständig hielt er an den klassischen Klamotten fest. Jeansjacke, zerknautschtes Hemd in zerknautsche Jeans gestopft, weißes zerlöchertes T-Shirt darunter und kein Gürtel um die Taille. Attraktiv wie er war, konnte er es sich leisten, sich nicht verkleiden zu müssen und sich nicht nach den Vorgaben der Masse zu richten. Seine Eigensinnigkeit ragte mit allem heraus.

„Heiraten?", wiederholte ich, „bedeutet uns nichts. Wir gehören ohne Trauschein zusammen."

Sein schuldbewusstes Lächeln gefiel mir nicht. Sofortiger Stromausfall. Kein Kuss mehr, kein Anfassen. Es wurde stockfinster. Ich kniff die Augen zusammen, um mich an die plötzliche Undurchsichtigkeit zu gewöhnen und die Umrisse seiner anrüchigen Blicke zu erkennen. In spannungsgeladener Dunkelheit wurde es der Fragenstellerin zu unheimlich. Sie verabschiedete sich kurzerhand und war verschwunden.

Eine Blondine zog ein rettendes Notfallstromaggregat aus ihrer Tasche. Um sich herum knipste sie alle

Lichter an und war die Einzige, die im magischen Scheinwerferlichtkegel hell erleuchtet funkelte. Die Erleuchtung sagte „Hallo" und Hans sagte „Hallo". Von ihrem Strahlen schien er wie geblendet. Er tuschelte ihr etwas ins Ohr und grinste sie an. Das Normalste der Welt ist es, eine Erleuchtung anzugrinsen und ihr etwas ins Ohr zu tuscheln.

Zu Hause klingelte das Telefon am selben Abend.

„Ist Hans da?", fragte eine schrille Stimme.

„Ja, er ist im Bad", antwortete ich.

„Ich will ihn sprechen. Sofort", fauchte die Unbekannte. „Ich warte!"

Mein reizender Herr stand mittlerweile hosenlos am Waschbecken und schäumte sein wunderschönes Gesicht großflächig ein. Das cremige Zeug auf frisch rasierter Haut roch nach unwiderstehlicher Männlichkeit.

„Hier will dich jemand sprechen", hielt ich den Hörer an sein schaumbeschmiertes Ohr.

Zum eigenen Erstaunen gab er mir ein Handzeichen das Bad zu verlassen. Was er der Weiblichkeit mitzuteilen hatte, hörte ich nicht. Ein trügerisches Gefühl von Sicherheit verlieh mir die Tatsache, dass wir jederzeit und selbstverständlich mit dem anderen Geschlecht problemlos Verabredungen trafen. Selbstverständlich und problemlos eben. Ich wollte nicht ahnen müssen, was er von ihr, sie von ihm oder wer auch immer von wem wollte und legte mich neben die Heimlichtuerei, die bedrohlich zwischen uns in der Besucherritze ruhte. Kein Bedarf sie aufzuwecken. Vielleicht morgen. Vielleicht übermorgen. Heute sicher nicht mehr. Doch wurden wir nur noch einmal wach.

Pünktlich zum 6. Dezember traf die Nikolausrute mich dort, wo es am meisten weh tat. Der Weißbärtige huschte im roten Mantel durch den Kamin, raubte unsere Liebe und stopfte das Diebesgut in seinen dicken Sack hinein. Stibitzt. Gemopst. Gestohlen. Dass er mit der fett geglaubten Beute durch den Schornstein passte, blieb unverständlich. Des Nächtens schlich er auf leisen Zehenspitzen durch die Wohnung, sodass ich nichts bemerkte. Als ich ins Bett ging, war alles noch da. Als ich aufstand, war alles verschwunden. Spurlos. Nur wusste ich von dem nichts.

„Hier stimmt doch was nicht", weckte ich ihn.

„Lass mich. Ich bin müde", druckste er ins Kopfkissen.

„Was ist los?", fragte ich.

„Was soll los sein?", stöhnte er.

„Hat die von gestern Abend damit zu tun?", fragte ich.

„Nein", beteuerte er verschlafen seine Unschuld.

„Liebst Du eine andere?", wiederholte ich.

„Nein".

Kein vielleicht. Keine Ausrede.

„Sag schon. Was ist los?", bohrte ich weiter.

„Das ist los", sagte er.

Unter den Federn, unter denen wir während der Verkündigung aneinander lagen, herrschte einst wohlige Wärme. Das war vorbei. Alles war vorbei. Von einer Sekunde auf die andere wurde es bittereisekalt. Mein Körper bebte. So war das also, wenn man nur klirrende Kälte spürte und sonst überhaupt rein gar nichts mehr. Ich schnappte nach Luft und befreite mich aus der Verschlingung. Seine verzweifelte Berührung ertrug ich nicht länger, geschweige denn den Anblick bedauernder Tränen.

„Du und Tränen?", hustete ich, „jetzt?"

Auseinander gerissen sassen wir auf Sessel und Sofa verteilt. Versteinert. Nichts übrig von geheiligten Zärtlichkeitsritualen und Hautberührungspunkten. Die einberufene Sitzung sollte mal eben alle unklaren Erklärungen klären, dass es ohne einander am besten sei. In seiner Großartigkeit ernannte er sich selbst zum Wortführer und Staatsanwalt zugleich. Dass es so das Beste für uns beide wäre, murmelte er andauernd und sowieso viel besser für dich und so. Und außerdem war er in diese Telefonstimme vom vorigen Abend verliebt und konnte auch nichts dagegen machen.

Es vergingen ein paar Minuten. Mein Mund blieb weit aufgerissen stehen. Kein Ton kam heraus.

Klar, das konnte ich gut verstehen. Wenn das das Beste für mich sein sollte, wie war es denn dann erst um das Schlechteste bestellt?

Er hatte noch nicht zu Ende gesprochen und stammelte etwas von wegen, dass er mich ab sofort, jetzt und gleich für immer nie wieder küssen konnte. Und so weiter und so fort. Das sagte er einfach so.

Kurze Pause. Pause. Lange Pause.

In mich zusammengesunken hing ich auf der unbequemen Anklagebank und tat, als hätte ich nicht hingehört. Nie wieder küssen. Nie wieder küssen. Nie wieder. Für immer. Das war eine lange Zeit. Die Worte flogen durch das Stubengemäuer, schallten von einer Wand an die andere, bis das Echo verstummte und sie auf mich herabpurzelten. Nie wieder küssen.

Er musste irgendwie verwirrt sein in seiner Birne. Unplausibel nuschelte er so etwas wie ich weiß auch nicht und dass er wirklich nicht wusste, wie es im Einzelnen dazu kommen konnte und sowieso jetzt gerade überhaupt nichts mehr wusste.

Er räusperte sich. Sein Gesicht lächelte mich mitleidig bis verlegen an. Von wegen nichts wissen und am besten für uns und für mich und dieses ungeistreiche Gesulze. Die Einzige, für die es am besten war, war die weibliche Unerklärbare. Sicher gab es seine ganz persönliche Seite, die Entscheidung getroffen zu haben. Die verriet er mir aber nicht. Oder er tat es doch, nur konnte ich sie nicht hören, weil ich meine Finger in die Gehörgänge stopfte. Jetzt war es aber genug. So viel konnte ich mir nicht merken. Die Nachricht war noch nicht wirklich zu mir vorgedrungen.

Der treue Verwalter meiner Seele, der mich nicht und niemals hängen ließ, legte gegen eine Anklage wie diese sofort Berufung ein, sprang empört von seinem Stuhl auf und sprach durch den Saal:

„Das ist doch wohl nicht Ihr Ernst! Einspruch Euer Ehren!"

Euer Ehren schüttelte den Kopf.

„Abgelehnt", entgegnete Euer Ehren gnadenlos.

Herr Gefühl setzte sich wieder. Zuckte noch. Fassungslos.

Die Tragödie meines Lebens. Mich gelassen damit abzufinden, das Küssen ebenso hergeben zu müssen wie alles andere, was uns verband, ließ die Knie einem durchgekneteten Gemisch aus brasilianischem Rohkautschuk mit 7 % Schwefelgehalt gleichen, was durch Erwärmung auf 160 Grad zu Weichgummi geschmolzen wurde. Dann verlor ich das Gleichgewicht, kippte hinten über und stieß mit dem Kopf auf. Die Klänge des schönen Italieners Eros Ramazotti (der ja wirklich außergewöhnlich wunderschön ist, mit dunkler Haut und kurzgeschorenem Haar) rappelten mich auf. In aller Ruhe dudelte er den Background des publikumslosen Trennungsgesangs.

Es dauerte etwa eine Viertelstunde, bis der zweite Anfall kam. Er ging vorüber wie der erste. Ich versuchte heraus zu finden, ob das ein Schock war.

Jetzt weinte ich richtig. Gnädig erhob der Großartige sich aus dem Sessel, holte aus der Küche die Küchenrolle mit besonders hoher Saugkraft und hielt sie unter meine triefende Schnoddernase. Laut und hemmungslos schnaufte ich in perforierte Quadrate hinein. Abschließend sagte er mit unwiderruflichem Unterton:

„Die Verhandlung ist geschlossen. Danke für Ihre Aufmerksamkeit."

Der Hammer fiel. Das war's! Wiedersehn!

Vorsichtig stand ich auf und suchte meine Schuhe. Sie lagen dort, wo ich sie verstreut hatte. Gestern, als die Welt noch in Ordnung schien. Hans griff mir unter die Arme, hob mich hoch und stellte mich auf einen Hocker. Er sah mich an und sagte:

„Das wird schon. Ohne mich wirst du viel glücklicher."

Ich konnte ihn nicht fragen, was schon werden sollte. Ich konnte auch nicht sagen, dass ich ihm für den Rest seines Lebens alles Gute wünschte.

Er legte seinen wohlgeformten Mund auf meine Stirn. Ein Abschiedskuss. Ach, hätte ich bloß Pattex auf der Stirn gehabt. Dann wären seine Lippen einfach kleben geblieben. Eine Weile hing ich da und kreiste die Stelle der letzten Berührung mit dem Zeigefinger ein.

Inzwischen stand das Wohnzimmer kniehoch unter Salzwasser und Hans wurde sauer, dass sein pingelig gepflegter Teppich dafür nun wirklich nicht geeignet war. Das verstehe sich wohl von selbst und so langsam könnte ich ja auch mal aufhören zu heulen. Konnte ich nicht.

Ich hatte krachende Kopfschmerzen und wollte raus hier. Mit schlottrigen Beinen stürzte ich die Treppen hinunter und trat vor die Tür. Er folgte. Die frische Luft weckte mich aus der Bewusstlosigkeit. Hängenden Hauptes stießen wir gegen eine Gruppe angetrunkener Krawallmacher, Marke unsympathische Mantafahrer. Die klassischen Typen, die sich mit zerrissenen Hosen und Pferdeschwänzen durch`s Leben lungern und alles nur Scheiße finden. Saubande. Sie sahen nicht aus, als hätten sie von irgendetwas eine Ahnung.

„Wer hat dich denn so übel zugerichtet, ey?", rempelte mich einer von denen an.

„Er hat mich verlassen. Gerade eben", schluchzte ich.

„Warum heulste denne so, ey?", lallte er, „ey, den Typ in der beschissenen grünen Jacke, ey, kannste echt vergessen, ey. Schöne Braut, ey, verstehste ey."

„Nee, verstehe nicht", sagte ich.

Die Jungs redeten auf den ab sofort als Ex zu Betitelnden ein, ey, dass er wohl nicht mehr alle Sinne beisammen hatte, ey, verstehste ey. Ungefähr als würden sie einen biergoldenen Sonderorden erhalten, wenn sie ihn vom Gegenteil überzeugten.

„Du Typ du, in deiner beschissenen grünen Jacke, ey", wiederholte der Betrunkene platt, „wie blöde biste eigentlich, ey? Fehlgeleitet oder was ey, so ´ne zauberhafte Braut laufen zu lassen, ey. Komm zu dir, Mann, und guck sie dir an, ey. Mann ey", faselte er der Verzweiflung nahe. Ich fand die Typen nicht unsympathisch.

„Ich denke darüber nach", brummte Hans. Dabei blieb es.

Er dachte nicht darüber nach. Jedenfalls nicht laut oder so, dass es etwas geändert hätte. Stattdessen wurde ich darauf hingewiesen, bitteschön am besten gleich oder spätestens morgen möglichst früh die Wohnung zu verlassen. Weil ja auch das das Beste war. Bei der großzügigen Auswahl entschied ich mich für letztgenanntes und rief meine Eltern an. Irgendetwas japste ich in den Hörer von aus und vorbei und neue Frau und neues Glück und so und ich ganz am Ende und was sollte ich denn jetzt machen? Mein Vater sagte andauernd was von sofort abholen und du musst da raus und kannst keine Sekunde länger in der Wohnung bleiben. Keinesfalls. Das war das Beste. Ich teilte ihnen mit, morgen früh zu kommen und dass ich nicht gehen konnte, weil ich bleischwere Füße hatte, die mich daran hinderten und einfach nirgends mit mir hingehen wollten. Ich sagte Tschüß und legte auf.

Stumpfsinnig beobachtete ich, wie heißes Wasser aus dem Hahn lief. Nebel hüllte mich ein. Wohl oder übel sammelte ich die spärlichen Reste meiner Selbst zusammen, stieg aus der Wanne, legte mich an den äußersten Rand meiner rechten Betthälfte und wartete bis die Sonne aufging.

Sie ging nicht auf. Es wurde nur hell. Und grau.

Was ich finden konnte packte ich ein und machte mich wie angeordnet aus dem Staub. Ich taumelte durch menschenleere Straßen und wunderte mich nicht, dass niemand mir begegnete. Es war Sonntag, 06:00 Uhr früh oder so. Ein Sturm wütete durch die ausgestorbene Eiswüstenstadt. Meinen Koffer zog ich hinterher und stapfte durch meterhohes Schneegestöber. Winterwind peitschte mir ins Gesicht und pfiff durch alle Ritzen. Es war zum Erfrieren.

Meine Mutter hatte den sechsten oder siebten Sinn, den Mütter eben haben, wenn es um ihre Kinder geht und wartete an der elterlichen Tür. Besorgt machte sie bis dahin kein Auge zu.

„Komm erst mal rein mein Kind", sagte sie, „du bist ja ganz kalt. Ich koche dir einen Tee, der wird dir gut tun."

Wenigstens behauptete sie nicht auch, dass irgendwas wohl das Beste wäre, obwohl es in dem Moment nichts besseres gab, als Tee mit Mama zu trinken. Wir saßen auf der Kücheneckbank, die ich nie besonders schön gefunden hatte, aber jetzt war ich heilfroh hier sitzen zu dürfen und drauflos heulen zu können. Als meine Mutter mich da so zusammengekauert vor sich sah, betonte sie auffallend oft, wie wirklich gern sie den Hans hatte, aber was er jetzt für unerhörte Dinge tat, nein, das war ja wohl das Allerletzte.

„Arschloch", sagte sie unangenehm deutlich.

Ich nickte widerwillig.

„Mama, mir ist schlecht. Ich habe so Bauchweh", stotterte ich.

„Ich weiß, mein Kind", sagte sie leise.

„Fühlt sich an, als hätte ich tonnenweise Brennnesseln verschluckt. Brennt wie Feuer im Magen und in den Gedärmen."

„Ich weiß, mein Kind. Das tut jetzt sehr lange sehr weh", sagte sie und streichelte mir über das Haar. „Weine ruhig."

Im Notfall sind Eltern ohne Ausrede für einen da. Egal, wie spät es ist.

Wie ich das Flugzeug nach München erreichte, wusste ich nicht mehr. Es war eine gute Idee an zwei Orten gleichzeitig zu wohnen. Vielleicht waren wir nur deshalb so glücklich, weil wir selten in einer Wohnung zusammen waren. Wenn einer nicht zu Hause war, konnten zwei sich nicht zanken. Aus Entfernung wirkte manches schöner als es tatsächlich war.

Die allerbeste Freundin, die man sich wünschen konnte, wartete vor der Wohnungstür. Die allerbeste Freundin, die absolut keinen Sinn hatte für lang anhaltenden Kummer. Andrea verdrehte bei Thema Hans längst die Augen:

„Heirate diesen Knilch endlich oder lass die Finger von ihm."

Unterm rechten Arm hielt sie eine Flasche Ramazotti und in den linken nahm sie mich. Erzähl du mir jetzt bloß nicht auch noch was von dem Besten, dachte ich, sonst saufe ich das edle Ramazottigesöfffläschchen sofort auf Ex alleine aus. Nein, das tat sie nicht.

„Du bist echt 'ne Wucht, du beste aller Freundinnen du", nuschelte ich, „dass du so schnell gekommen bist."

18

Ein fürchterlicher Tag folgte dem nächsten. Rauchen. Heulen. Verzweifelt sein. Noch mehr rauchen. Noch mehr heulen. Noch verzweifelter sein. Bilder erschlugen mich vor dem geistigen Auge mit grausamen Vorstellungen. Ich sah die beiden vor mir bei allem, was Spaß machte. Zusammen reden, essen, tanzen, lachen und all diese verdammten schönen Möglichkeiten, wie sie sich liebten. In meiner bunten Bettwäsche. Umrisse dieser Visionen wurden unerträglich scharf. Wo ich genau wusste, was für ein verdammt guter Liebhaber er war. Vielleicht träumte ich nur all dieses hässliche Zeug, was klar und deutlich an mir vorbeizog. Das war alles nicht mehr so gut auseinander zu halten.

Ich konnte nicht mehr aufstehen. Selbst wenn ich noch so wollte, es ging nicht. In der Früh brachte ich kein einziges Wort raus und brauchte mindestens drei Stunden einige Buchstaben aneinander zu reihen, um einen halben Satz zu formulieren. Körperliche Symptome stellten sich ein, von denen ich nicht mal ahnte, dass es sie geben konnte. Von einer Krankheit überfallen. Medizinisch unnachweisbar. Der Appetit war vergangen. Nichts von dem konnte ich essen, was ich kotzen wollte.

Wen interessierte schon, ob Montag, Mittwoch oder Sonntag war. Kein Abwasch gemacht. Keine Wäsche gebügelt. Der Wasserhahn tropfte. War total egal. Bei Woolworth kaufte ich Schlüpfer im preiswerten Sechserpack. Günstig genug, um sie nach einmaligem Gebrauch zu entsorgen. Die Anstrengung waschen zu müssen konnte ich nicht auf mich nehmen.

In dem altertümlichen Haus, in dem ich in München wohnte, gab es keine Briefkästen unten am Eingang. Der Briefträger steckte die Post in den Schlitz der Wohnungstüren. Schlich ich in mein Kämmerlein, warteten dort Umschläge auf dem Flurfußboden und gierten darauf geöffnet zu werden. Die Schreiber schickten altbewährte Sprüche auf ausgesuchten Karten: Kopf hoch. Ohren steif. Brust raus. Rücken gerade. Zeit heilt alle Wunden. Nach Tief kommt Hoch. Das wird schon. Andere Mütter haben auch schöne Söhne. Stand da geschrieben. Manche riefen an und sagten das Gleiche.

Trennung war etwas, was anderen Leuten passierte.

Ich fand es nie besonders dramatisch. Doch ein frisch Geschädigter ließ sich unmöglich mit Trostsprüchen trösten, der nichts davon hören konnte, weil er nichts davon hören wollte und nichts davon verstehen konnte, selbst wenn er wollte. Welche Reihenfolge galt es einzuhalten bei all den gut gemeinten Rat-Schlägen? Ja welche denn?

Dennoch war ich von den Wohltaten ungemein gerührt und dass jemand sich die Mühe machte sie aufzuschreiben. Aus dem Keller kramte ich einen verstaubten Schuhkarton. Mit orangefarbenen Buchstaben kritzelte ich eines Abends darauf das Wort „Schatzkiste" und sammelte darin eine Menge beschriebenes Papier.

Menschen tauchten auf, mit denen ich nicht gerechnet hatte. Bevor ich das erste Mal entschied durchzudrehen, rettete mich einer von denen. Es war der Nachbar, dem ich mit rotverheulten Augen begegnete. Ehrlich gesagt war er gar nicht mein Nachbar. Er nannte sich nur so und tat, als wäre er einer. Ein Deckname. Weil keiner was von seiner Nachbarschaftlichkeit wissen durfte. Das hatte mehrere Gründe.

Ohne Umschweife teilte ich ihm über den Computer mit, was mich plötzlich und unerwartet rund um die Uhr beschäftigte. Solch eine verdrahtete Kiste war wertvoller als jemals angenommen. Wir brauchten nicht mal einen Briefträger bei der heutigen unverzüglichen Postdatenübermittlung. Schnell und schweigsam brachten Kabel geheimnisvolle Nachrichten von hier nach dort und von dort nach hier. Das einzig angenehme der derzeitigen Tage, war das Erscheinen einer grauhinterlegten, Frage auf dem Bildschirm:

„Sie haben eine Nachricht erhalten. Wollen Sie sie jetzt lesen?"

Ja! Ja! Ja! Jaaaaaa!!! Nicht jetzt, sondern sofort. Seine Mails las ich von oben links nach unten rechts und von unten links nach oben rechts. Einmal schrieb ich an ihn und dann wieder umgekehrt. Die gute Nachricht zuerst:

Auch diesen Morgen ging im Osten die Sonne auf und gibt sich Mühe deine Seele zu erwärmen. Wie geht es dir heute? schrieb der Fremde. *Ich halt´s kaum aus,* schrieb ich. Dann schrieb er: *Gib nicht auf und warte ab. Hab´ ich doch schon,* schrieb ich. *Nicht drei Tage,* schrieb er, *richtig abwarten. Tu die Füße auf den Tisch, blinzle in die Sonne und wart auf das, was da kommen mag. Und es wird kommen. Ist sicher nur 'ne vorübergehende Störung. Mit Geduld hab` ich es nicht so,* schrieb ich. *Und warten können wir doch alle nicht. Schon gar nicht, wenn ich nicht mehr weiß worauf. Abwarten ist total unaushaltbar. Momentan bleibt dir nichts anderes übrig,* schrieb er, *Hans hängt im Liebesrausch der Ekstase, er lässt sich keineswegs davon abhalten. Ekstase???* schrieb ich sofort zurück. *Ohne mich? Wie meinst'n das? Na so halt,* schreibt er,

21

du weißt schon. Nix weiß ich, schrieb ich, *ich blicke überhaupt nichts. Sicher hat ihn die Midlifecrisis verfrüht überrumpelt,* schreibt er, *der Frauennachholbedarf ist unbremsbar, bis er sich auf dem Gebiet ausgetobt hat. Hängt mit männlich klaustrophobischer Bindungsangst zusammen. Oder so was Ähnliches. Oder ganz was anderes. Rätsel über Rätsel. Sag ich doch,* schrieb ich, *und weiter? Weiter?* schrieb er, *wenn du meinst es lohnt sich zu kämpfen, dann kämpfe. Lohnt sich,* schrieb ich, *kämpfen kann ich gut. Was selten ist, ist lieb und teuer. Das gibt man nicht schnell und einfach auf. Wer aufgibt, hat schon verloren,* schrieb er zurück. Ein Genie, was die Sache mit dem Mut machen betraf. *Und noch was,* schrieb er, *notgedrungen kann man auf manches verzichten. Nicht aber auf Musik. Besonders in Zeiten wie diesen. Solltest du keine afrikanische oder jamaikanische Musik mögen, Klassik nicht vertragen und mit Jazz nichts anfangen können, nimm die Kassette und feure sie an die Wand. Frustabbau tut gut und gibt Mut für neue Schelmereien.*

So ging das jetzt jeden Tag.

Feiertage und andere Grausamkeiten

Und nun Weihnachten. Besinnliche Besinnlichkeit und schon war man besinnungslos.

Die Dame beim Einchecken überreichte die Bordkarte. Platz B, was so viel hieß wie wieder in der Mitte sitzen. Eingekreist von kleinkarierten Oberhemden, elefantenbedruckten Krawatten und senffarbenen Sackogeschäftsreisenden, die raschelnd übergroße Zeitungen über mir auszubreiten pflegten und mich von einem Nickerchen abhielten. Der Steward kümmerte sich rührend. Übertrieben schwul wollte er besonders witzig sein. Es gab Champus gratis. So viel man wollte und so viel man eben in 60 Minuten runterschütten konnte. Ich klappte den Tisch aus und haute mir wie jedes Mal das Knie dabei an.

„Darf ich Ihnen nachschenken?", fragte er durch die Nase.

„Nichts lieber als das", hielt ich den Becher hin. Champus aus Plastikbechern. Na auch egal. Für umsonst.

„Aber nicht, dass Sie gleich auf dem Tischlein tanzen", kicherte er.

„Sicher nicht", kicherte ich.

Dann reichte er ein Erfrischungstüchlein für erdnussfettige Finger und wackelte seinen kleinen Hintern den Gang entlang. Schwule Männer sind schwer in Ordnung.

„Hier spricht der Kapitän", kam es aus dem Lautsprecher, „der Flughafen Hannover ist nicht mehr weit. Bitte machen Sie sich zur Landung bereit."

Passagiere zogen Handys aus tiefen Manteltaschen, riefen hektisch Mitteilungen ab, telefonierten mit wichtiger Miene und wurden von ihren Geliebten abgeholt. Mein Vater holte mich ab. Das war mal anders.

„Wie ich mich freue, dass du da bist, jupiduh, ach wie fein, mein Sonnenschein, oh laladubiduh ....", hatte mein Geliebter zur Begrüßung gesungen. Wenn er wollte, konnte er echt charmant sein. Ich glaubte diesen Mist. Lügen. Nichts als Lügen. Endlose Lügen. Ein Haufen sentimental verlogener Scheiße.

In jämmerlicher Verfassung las mich ein alter Freund auf. Einer von denen, dem niemals der Humor ausging. Nur diesmal.

„Ich würde dir gerne aus der Patsche helfen", sagte er, „leider weiß ich nicht wie." Ja wie denn auch? „Für die Zeit in Hameln könnte ich dir mein Zweitauto borgen. Dann bist du wenigstens mobil. Wie wär´s?"

Das Angebot klang verlockend. Ohne die Antwort abzuwarten, schleppte er mich in seine Hinterhofgarage und drückte mir den Schlüssel in die Hand.

„Wie, du willst mir ja wohl nicht diese Schleuder andrehen?" Ich war kurz davor ihm das zu verübeln.

„Ist ein bisschen verbeult, aber fährt super", sagte er.

„Die Beulen sind egal", murmelte ich, „ausgerechnet ein roter R4? Unser Auto. Mit dem wir zusammen überall und sonst wo waren und fast damit in den Fluten versunken wären, weil die Handbremse am romantischen Flussufer unseren Liebesgelüsten nicht standhielt. Und hätten wir doch geheiratet, wäre es unser luxuriöses Hochzeitsauto geworden. Jedenfalls dachten wir uns das so aus."

„Oh", sagte er, „das wusste ich nicht."

„Wahrscheinlich dachte nur ich mir das so aus", sinnierte ich.

„Nimm doch mein anderes Auto", verhaspelte er sich.

„Schon in Ordnung. Danke dir", verabschiedete ich mich.

„Nachher treffen wir uns in der neuen Kneipe. Kommst du?", rief er.

„Mal sehen", rief ich.

Das Kollisionsverhinderungssystem funktionierte komplett gar nicht. Verlockende Nähe zum Feind beraubte mich aller geistigen Fähigkeiten. Bis zum Anschlag. Mein Verstand setzte aus. Mindestens für Jahre. Ich wusste nicht, wie man hätte anders sein können.

Kreuz und quer und hin und her fuhr die rote Blechkiste. Echt wie in alten Zeiten. Obendrein mit Knüppelschaltung und so. Ferngesteuert bog sie rechts ab. Nur ein einziges Mal daran vorbeirauschen. Vor diesem jenen Haus ging dieses jene Auto aus und war partout nicht mehr anzukriegen. Angenommen, das frisch verliebte Paar schlenderte händchenhaltend daher, während ich schweißgebadet das verreckte Stück durch die Straße schob. Wahrscheinlich hätte ich lässig gestottert: „Ach gut, dass ihr kommt. Helft ihr mir mal eben schieben?" Ich konnte gar nicht sagen, wie peinlich mir das war.

Aber wo ich schon mal hier war, ließ es sich nicht vorbeigehen, ohne eine Weile halt zu machen. In der Hosentasche hatte ich noch einen Schlüssel. Gewiss war er nicht daheim. Ich tat es, ohne zu wissen, was ich tat. Je verbotener, desto reizvoller Verbotenes zu brechen. Meine Sachen standen unverändert an ihren Plätzen. Mit gewisser Scheu fiel ich in den Korbsessel und versank in die Welt gemeinsamer Momente, in der ich nichts mehr zu suchen haben sollte. Der Kirschbaum vorm Fenster streckte nackte Äste entgegen. Ja, unsere Veranda. Sommer-Frühling-Herbst-und Wintergarten in einem. Mit seinen gepflegten Grünpflanzen in meinen Terrakottakästen. Wenn mich nicht alles täuschte, waren wir hier sehr glücklich an dem heiligen Ort, an den ich nie mehr gehen konnte.

Mein Gedächtnis begab sich auf Erinnerungsfeier. Es hagelte jene Erinnerungen, die lebendig bleiben und den Geist in Unruhe versetzen. Und erst noch ganz vor Kurzem, als wir in der Küche tanzten und uns ausgepowert mit kultigem Ed.v.Schleck-Eis von Langnese auf das Spülbecken quetschten, wobei man den roten Stab in die runde Plastikumhüllung prokeln musste, damit man die rotweißgestreifte Masse nach oben schieben konnte, sie vermümmelte und die Hälfte dabei in den Mundwinkeln kleben blieb. Gewohnheiten können wirklich schön sein. Sie sterben zu lassen war sehr mühsam. Im selbstinszenierten Kasperletheater gab es die besten Darstellungen, wenn Hans den Clown spielte und ich mich schier wegschmeißen wollte im turbulenten Budenzauber mit viel Rabatz und Quatschparaden. Das war eine gemütliche Zeit. Und unser Lachen natürlich. Es lebte von innen heraus wie ein agil fröhlich umher schwimmendes Seezungenfiletfischlein im aufgewirbelten Ozean. Nun klatschte es mit voller Wucht durch die Gewalt des Sturmes gegen die Klippen des Kaps der nicht mehr guten Hoffnung und erlag seinen schweren Verletzungen mit der Diagnose Halswirbelgrätenbruch.

Die Vorstellung, dass sie, die Neue, neuerdings hier ein-und auszugehen dran war, verursachte eine entsprechende Überreizung in der Magengegend. Da schlief sie in meinem Bettchen, aß von meinem Tellerchen, trank aus meinem Becherchen. Nun war sie das blonde Schneewittchen und ich sollte nicht einmal mehr einer von den sieben kleinen Zwergen hinter den sieben großen Bergen sein. Plötzlich wurde mir furchtbar heiß. Ich nahm das Telefon und ließ letztgewählte Nummern nacheinander über das Display laufen. Er hatte Kontakt zu Leuten, deren Nummern mir fremd waren. Es wäre mir nie in den Sinn gekommen ihm nachzuspionieren oder rumzuschnüffeln. Niemals nicht, auf keinen Fall. Ausgeschlossen. Ehe ich wusste, was ich tat, wählte ich alle Nummern durch und hörte ihren Anrufbeantworter. Ihre Stimme klang langweilig.

Eine Spur von Heiterkeit überkam mich. Ich ließ den Blick durch die Wohnung schweifen und betrachtete unsere Köpfe, die überdimensional an der Küchenwand malerisch verewigt waren. Wenn sie das meinige Geschirr abtrocknete, grinste ich ihr ins Gesicht. Störender Einfluss alter Bilder, oder so was. Das Porträt war keinesfalls zu übersehen, abzuhängen oder umzudrehen.

Ob die beiden genauso hervorragend zusammen in die Badewanne passten und wer wohl auf dem Stöpsel sitzen musste? Ihr nackter Hintern quietschte an gleicher Stelle über stumpfen Wannenbelag, wie meiner noch vor kurzem. Ich sah auf die Uhr. Was? Schon acht? Über drei Stunden hatte ich hier gegrübelt. Gewaltsam musste ich mich abwenden und unter Menschen mischen. Ablenkung half mir den Brechreiz zu unterdrücken. Ich ging in die Kneipe.

Einer von denen kam auf die Schnapsidee mit all den Schnäpsen. Die Runde am runden Kneipentisch sitzend schmiss diverse Runden, bis wir uns rundum quadratisch, praktisch betrunken fühlten.

„So jung komma nimmer ´zsammen", lallten sie. Inzwischen sahen wir ziemlich alt aus.

„Ein` könn` wa noch. Auf dich Frauke. Damit du widerstandsfähig die Weihnachtstage überstehst."

„Erinnre mich nicht daran", hickste ich. Sie wussten wohl, wovon sie sprachen, und füllten mich im rasanten Tempo ab.

„Kind, trink nicht, wenn du traurig bist", hatte Mama geraten. Sie wusste auch, wovon sie sprach. Der gute Heinz Erhardt wusste wohl nicht, wovon er sang:

„ ... wenn du einmal traurig bist, dann trinke einen Korn. Und wenn du dann noch traurig bist, dann trinke noch ´nen Korn. Und wenn du dann noch traurig bist, das Ganze noch mal von vorn ... ." So viel Korn hatte die Pinte erstens nicht kalt gekühlt, zweitens hätte ich mich diesmal mit Garantie übergeben und drittens sollte der alte Heinz sich mit meiner Mutter rumärgern. Hier war eh alles zu spät und wirklich nichts mehr schön.

Ich war einigermaßen hinüber, als ich von den Mittrauernden ins Taxi verfrachtet wurde, das tatsächlich das längst verlassene Elternhaus ansteuerte und mich dort absetzte. Kleine Kinder, kleine Sorgen. Große Kinder, große Sorgen. Konnte man so sagen. Meine Mutter hatte mich noch nie so betrunken gesehen, geschweige denn ins Bett gebracht und mir trotz Empörung verständnisvoll sieben Aspirin reingezwängt. Auf Mütter ist eben echt Verlass! Sie quartierte mich in meinem alten Kinderzimmer ein und hatte sorgsam das Bett vorbereitet. Na dann frohes Fest.

Wer etwas froh an diesem Fest finden konnte, war mir ein Rätsel. Das einzig Frohe war, dass sich seit Trennungsbekanntgabe das Verhältnis zu den Eltern erstaunlich verändert hatte. Sie wurden zu neuen Gesprächspartnern, sodass sie ein bisschen mehr von mir und ich von ihnen erfuhr. Bei Tisch war die Rede davon, dass sie persönlich vom Verlorengegangenen informiert wurden, wie die Lage tatsächlich aussah. Meine Eltern fanden es sehr anständig von ihm, dass er sich die Mühe machte, bei ihnen vorbeizukommen und dafür bestimmt all seinen Mut zusammennahm. Wo er doch so was von konfliktscheu war. Der Arme.

Heiligabend war irgendwie nicht besonders heilig. Bis auf Josef und Maria. Die standen holzgeschnitzt und friedlich vor dem Kamin und hatten ihr Jesuskind in eine Krippe gebettet.

Die umsorgende Familienmeute war hoch erfreut, dass sich familieneigene Christkinder versammelt hatten. Außer einem natürlich. Der Weihnachtsmannhans kam nur ein wenig zu spät, weil es tief im Wald eine kleine Schlittenpanne gab. Jetzt war er erschöpft und eingefroren von der Anstrengung und Aufregung da draußen. Komm rein, guter Mann, wir haben dir beste Hühnersuppe aufgehoben, die bringt dich zu Kräften. Die Tiere kannst du in den Stall stellen und deinen kalten Po an meinen warmen Bauch kuscheln. Und überhaupt geh nie wieder weg. Da war ja noch mal alles gut gegangen. Nur klingelte es nicht an diesem Abend.

Von den festlichen Bissen kriegte ich keinen runter und stocherte mit der Gabel in gebratenen Lachsstreifen rum. Nach dem Essen mussten wir abwaschen, weil meine Mutter es nicht ertrug, wenn Weihnachten dreckiges Geschirr rumstand. Danach gingen wir ins Wohnzimmer.

Unbekannt wohlerzogen und unbekannt elegant saß ich im Minirock und schwarzen Strumpfhosen wohlbehütet inmitten inszenierter Familienharmonie. Schlaff wie 'ne eingefallene Paprikaschote in der hintersten Sofaecke. Schöne Bescherung. Hinzu sah Mama blass und mager aus. Ich fragte mich, wo der Tannenbaum herkam, der wie eh und je geschmückt im Wohnzimmer stand? Die naturechten, besonders teuren Bienenwachskerzen, über deren Preis mein Vater sich jedes Jahr erneut aufregte, sie dann aber doch kaufte, weil sie überdurchschnittlich lange brannten, leuchteten wie eh und je. Auch schief ausgeschnittene Engelchen und Sternchen aus Hochglanzpapier hingen am goldenen Faden wie eh und je.

Es war schließlich Weihnachten, da wurde nicht geweint. Jetzt reiß dich mal zusammen. Von zusammenreißen hielt ich nicht besonders viel. Unvereinbar gegensätzliche Eigenschaften. Entweder reißt man auseinander oder flickt zusammen. Die offenkundige Unmöglichkeit des Zusammenreißens widersprach sich selbst. Ich machte das Unmögliche möglich, gehorchte ausnahmsweise und drückte die Tränen nach innen. Weihnachten war ätzend. Emotionale Sentimentalität war unverhinderbar.

Mein Vater legte Weihnachtsmusik auf und konnte sich den obligatorischen Satz nicht sparen, dass der Baum dieses Jahr wohl besonders schön gewachsene Äste hatte, was er jedes Jahr zu sagen pflegte, und ich dieses Mal erst recht keinen Unterschied feststellen konnte. Mir war es ehrlich gesagt ziemlich egal, wohin die Äste gewachsen waren, aber ich sagte leise ja und stimmt und ließ ihm seinen Baumstolz. Dann tauschten wir Geschenke aus. Der Abend ging vorüber.

Am ersten Feiertag brachen der Haareschneidealleskönner und ich in seine dunkle Frisierstube ein. Das war ein bisschen lustig. Er sortierte jedes einzelne Haar an die richtige Stelle, weil der traditionelle Weihnachtsball anstand. Auf einem verlassenen Dorf im riesigen Saal und großer Tanzfläche mit Holzparkett traf man Menschen, die man Ewigkeiten kannte und doch nicht kannte, und einmal im Jahr liefen sie einem geballt und schick gekleidet auf diesem Ball über den Weg.

„Kind, willst du dir das wirklich antun?", fragte Mama besorgt.

„Also wieso?", trat ich von einem Bein auf das andere, „ich muss ihn sehen. Ich habe solche Sehnsucht."

Sie stopfte mich in einen auffälligen Lackmantel, von dem ich nicht wusste, dass sie solch ein schrilles Teil besaß und half mir hinein, als würde ich schon jetzt entsetzlich schwächlich wirken.

„Der wird dich beschützen", sagte sie und wäre lieber selber mitgekommen, um dem spionagemäßig nachzugehen.

Sie sagte: „Hoffentlich geht das nicht völlig in die Hose, Kind."

Mein Instinkt sah nun mal alles anders als die Vernunft.

„Von den Bachblütennotfalltropfen auf natürlicher Basis nimmst du ein paar Tropfen. Die schützen vor übertriebener Rumzappeligkeit," fügte sie hinzu.

„Also gut, ich bin echt nervös," gestand ich, „ich werde der Neuen nicht die Augen auszukratzen oder ihr ein Glas Rotwein unversehentlich übers Haupt schütten. Nur angucken. Von fern oder nah oder beides."

Auf ins Gewühl. Wo war denn der Feind? Ich sah mich um. Aus dem Nichts tauchte er auf. Im dunklen Anzug. Maßgeschneidert. Weißes Hemd mit hochmodernem Kragen. Darunter ein T-Shirt ohne zerlöcherte Ausschnittnaht. Keine Camelboots. Mich traf der Schlag. Blank gewichste schwarze Schuhe.

In Sekundenschnelle sauste das Blut von oben nach unten. Ich erbleichte. Kalkweiß. Er schaute durch mich hindurch, ignorierte mich gekonnt, als hätten wir uns nie gekannt. Und fühlte sich so schön, wie er tatsächlich aussah. Mein forschender Blick wanderte vom Scheitel bis zur Sohle und wieder zurück, bis ich mein Herz im Kopf schlagen hörte.

Ja und wo war sie? Ich wollte sie sehen. Neben ihm. Jetzt, gleich, sofort und hier. Jemand hielt mich zurück und verbot streng mich vom Fleck zu bewegen.

„Du darfst die Dinge nicht suchen. Du musst sie kommen lassen", flüsterte jemand.

Anständig und geduldig sein. Keine Szene in der Öffentlichkeit. Die Musik vom weißen Hai wäre gut gekommen. Die Spannung stieg und erreichte ihren Höhepunkt, als die Lady in red gesichtet wurde. Man munkelte, dass sie mir verblüffend ähnlich sein sollte. Sie war mit goldenen Klunkern behängt, zwischen denen ich nichts Übereinstimmendes feststellen konnte. Das wäre ja noch noch noch entsetzlicher gewesen. Die passt nicht zu dir. Das sah ich sofort. Milde ausgedrückt war ich darüber nicht gerade unfroh. Meine Laune besserte sich rapide. Frau Vornehm sah mich nicht an. Ich sie dafür umso mehr. Okay zugegeben, sie sah nicht ganz übel aus, doch strahlte sie keinen Ansatz von Granatenschärfe aus und Hans war wenigstens nicht vitalisiert, spritzig aufgeblüht und verliebt verwandelt. Ich zog ein Gesicht, als würde ich die ganze Sache lustig finden.

Meine Mutter hatte natürlich Recht mit ihrer Vorausschauung. Dieser Tag endete beschissen und der nächste fing so an. Im Bett wälzte ich mich hin und her. Von einer Seite auf die andere. Träumte schlecht und fühlte mich miserabel. Schon wieder ein neuer Morgen. Das Einzige, was einem kurzzeitig helfen konnte. Laufen. Egal wohin. Hauptsache rennen. Bis sich Löcher in die Schuhsohlen brannten. Dabei laut schreien und hoffen, dass einen niemand hörte. Wenn einem ein kleines Glück im großen Unglück beschert war, stand seitwärts ein Berg oder wenigstens ein Hügel, auf den man kraxeln konnte, um von oben runter zu brüllen. Für den Moment des Schreies fühlte man sich irgendwie so aufgeräumt.

Ausgerechnet in diesem Jahr lag der Kalender besonders arbeitnehmerfreundlich. Dem zweiten Feiertag folgte ein endlos langer Sonntag. Jeder Tag war gleich lang, aber nicht gleich breit. Mit einem Mal war ein solcher Sonntag sehr breit. Breiter als ich es mir jemals hätte vorstellen können und so zäh dazu, dass ich es nicht aushielt in der klebrigen Konsistenz gefangen zu sein.

Unsere Freunde waren mit Hans und der eleganten Gans zum Essen verabredet. Meiner unkontrollierbaren Übermacht fiel nichts Besseres ein als auch hinzugehen. Warum sollte ausgerechnet ich zu Hause bleiben? War es die Pflicht des Verlassenen sich still zurückzuziehen und keinen Mucks mehr von sich zu geben? Hallo, ich lebte aber noch, wenn auch nicht besonders fröhlich. Sollten die beiden doch damit klar kommen. Kamen sie nicht, weil sie nicht erschienen. Wie meistens, wenn ich zu viel Wein getrunken hatte, überschritt ich die Ehrlichkeitsgrenze und tat etwas furchtbar Fürchterliches. Ein stärkerer Wille als der meinige trieb mich zu einer gewagten Attacke. Das war nicht ich, die klingelnd vor meiner eigenen Haustür stand. Eine Kreatur, von der ich nichts wusste.

Wie war das mit dem Traurigsein und dem Alkohol?

Die Tür öffnete sich einen Spalt.

„Was willst du denn hier?", knurrte er.

„Kann ich dich unter vier Augen sprechen?", flehte ich leise.

„Jetzt nicht. Ich habe Besuch", entgegnete er kühl.

„Es ist wirklich dringend", flüsterte ich, „es tut so weh."

Mich fröstelte es. Ich schämte mich, so vor ihm stehen zu müssen und wollte sofort in der Erde versinken.

„Dann treffen wir uns eben morgen, wenn es so dringend ist", drehte er sich um und ließ die Tür ins Schloss fallen. Was hatte ich mir bloß dabei gedacht? Sollten wir uns zu dritt aufs Sofa drängeln und eine anregende Diskussion über die Auswirkungen einer Trennung führen? Super Idee. Angeblich sollte alles seinen ganz persönlichen Sinn haben. So tat man oft das Falsche aus dem richtigen Grund.

Bei hellem Wintersonnenschein balancierte ich auf der Gehsteinkante entlang. Er kam pünktlich. Dort befanden wir uns nun. Von Angesicht zu Angesicht. Zwei Mäuschen an einem Tischchen.

„Ich habe nicht viel Zeit", knirschte er, „also, was willst du?"

Er schaufelte Pfannkuchen mit Pilzragout in sich hinein. Dann schüttete er löffelweise Zucker in den Kaffee, bis sich eine Insel auf dem Milchschaum bildete und langsam darin versank. Er rührte den Löffel herum, schlürfte die heiße Brühe und schaute mit leerem Blick von der Tasse auf. Seine Gesten kannte ich in-und auswendig. Er griff zur Schachtel, klopfte sie auf die Handfläche, damit der Tabak sich an die richtige Stelle verteilte, tüftelte eine filterlose Zigarette aus der Öffnung und röchelte festsitzende Schleimklumpen im Hals rauf und runter, bis er sie anzündete. Dann verkroch er sich hinter aufsteigendem Qualm. Alles war wie früher. Nichts war wie früher. Der Seezunge war das Lachen vergangen. Er saß da wie ein stummer Fisch.

„So ist es halt, war alles Scheiße mit dir. Liebe gibt es nun mal nicht auf ewig. Unsere ist eben deswegen futsch!", meinte er knapp.

Ich fragte: „Ist das alles, was du dazu zu sagen hast?"

„Was soll ich sonst sagen?"

„Vielleicht willst du ja was erklären."

„Was denn?"

„Wie es dazu kommen konnte vielleicht?"

„Ist eben so passiert", sagte er.

Die versimpelte Form unserer geliebten Jahre ließen mich in riesengroße Winzigkeit schrumpfen. Was wohl unter seinem gräulich gewordenem Haar hervorging, das er neuerdings ganz eitel mit einer brillanten Intensiv-Pflege-Tönung überfärbte?

„Hast du etwa in München unsere Fotos von der Wand genommen?", schämte er sich nicht zu fragen. Konnte ihm doch ziemlich egal sein.

„Natürlich", schluckte ich.

„Wie du hast sie weggeschmissen?", fragte er gereizt.

„Unterm Schrank vergraben," stotterte ich.

Es löste eine mittelschwere Katastrophe aus ein rechteckiges Bild von der Wand zu nehmen. Augenblicke lassen sich auf Negativen festhalten. Nichts weiter nichts als winzige Ausschnitte ohne Rahmen. Augenblicke vergehen. Nichts ist von Dauer. Alles hatte sich augenblicklich verändert. Was blieb, war nur Erinnerung.

Im Auge Klarheit - im Herzen Wahrheit

„Kannst du mir sagen, was man macht, wenn die Liebe des Lebens verschwunden sein soll?", fragte ich in meiner Verzweiflung den Mann einer Freundin. Es hatte eine Vorgeschichte, dass ich ausgerechnet ihn zurate zog.

An einem Mittwoch im Juni kamen Hunderte beim Zugunglück in Eschede ums Leben. Kannte man niemanden, hielt man sekundenlang die Luft an, war erschüttert. Das Leben ging weiter, als wäre nichts gewesen. Für viele aber veränderte sich etwas. In meinem Flurbriefkasten lag ein Trauerbrief. Ich hob ihn auf, legte ihn hin, hob ihn auf, hielt ihn in der Hand und überlegte, wer von den Verwandten derzeit alt genug sei die Welt zu verlassen. Nicht ein Einziger kam in Frage. Zögerlich öffnete ich den Umschlag und zog die Karte heraus. Ankes Name stand dort. In großen Buchstaben gedruckt. Schwarz umrandet. Wie lange ich auf das Papier starrte, wusste ich nicht mehr. Sie war so alt wie ich. Lebenslustig, glücklich verheiratet, hochschwanger und hatte alles, was Frau sich wünschte. Einer dieser Augenblicke hatte sie rausgerissen.

Wer entschied, wann ein Leben beendet sein sollte? Jeder Mensch hatte seine Aufgabe auf der Erde zu erfüllen und musste auf die Suche gehen diese zu finden. Manch einem fiel das sehr leicht. Andere schafften es ihr Leben lang nicht. Oder? Ist es nicht so?

Was Ankes Aufgabe gewesen sein mag und ob sie sie erfüllt gefunden hatte? Wo es die erfüllendste Aufgabe sein musste, in wenigen Wochen Mutter zu werden. Das aber erfuhr sie nicht mehr.

Vielleicht musste man gar keine Aufgabe erfüllen und durfte einfach nur da sein. Alles andere wurde einem eingeredet. Wie vieles eben.

Auf der Insel Fehmarn wurde sie beerdigt. Dort besuchte ich sie einmal. An diesem grauen Tag auf diesem grauen Herbstfriedhof vermischte sich unheimliche Stimmung am rauschenden Meer mit Ostseenieselregen. Ich setzte mich auf die Umrandung ihres Grabes. Die Gedanken an sie und gemeinsame Erlebnisse beschäftigten sich plötzlich mit Leben und Tod. Und Zeit.

Zeit, die ich mit belanglosen Dingen verschwendete. Eine Ansammlung selten in Frage gestellter Annahmen breitete sich aus und ließ das eigentlich Lebenswerte voller Hetze und ohne Verschnaufpause erscheinen. Erfolgreich kann nur der sein, der die Fähigkeit besitzt, das Leben zu genießen, nicht aber vorprogrammiert abzurasen und mit hängender Zunge durch den Tag zu jagen.

Die wenigen, die in gemächlicher Genussfähigkeit leben, werden fast abwertend als so genannte Lebenskünstlernieten betitelt. Weil sie mit wenig Kohle auskommen, sich nichts aus materiellen Dingen machen und nicht ihre kostbare Zeit vermufften Büroräumen hinter toten Gerätschaften zur Verfügung stellen wollen. Wobei sie selbst in trüber Abgestorbenheit dahinvegetieren und mit zusammengefalteten Händen auf dem Aktenkoffer hinter finsterer Miene dicht gedrängt in der S-Bahn sitzen. Nach einem eingemauerten frischluftlosen Bürotag verging einem das Lachen von selbst.

Gut, dass es solch Gehorsamen gibt, sonst würde die ganze Welt Kopf stehen. Schlecht, dass ich dazu zählte und selber Kopf stand. Diese Tatsache führte dazu die Tätigkeiten zu hinterfragen, die meinen schönen Tag bestimmten. Sie waren leer von Bedeutung und voll von Sinnlosigkeit.

Wo es kaum etwas Wunderbareres gibt, als mit buntkreiertem Picknick auf dem Steg zu sitzen, die Füße ins Wasser baumeln zu lassen, in die Tomatenmozarelladoppeldeckerstulle zu beißen und einen guten Tropfen zu schlürfen, während hinter einem die Kuhglocken bimmeln und vor einem die Sonne rotglühend untergeht. Solche Momente geniesst man viel zu selten, weil man dazu keine Zeit haben darf. Und ertappt der eine den anderen doch heimlich dabei, sagt der eine schnippisch:

„Geht`s dir gut. Du musst dir das ja leisten können."

„Ganz genau", sagt der andere dann hoffentlich, „kann ich mir leisten. Das ist meine Vorstellung von Wohlstand. Kostet weniger und ist mehr wert. Wann hast du das letzte Mal in der Wiese gelegen und die Nase in den Himmel gestreckt?" Meist sagt der eine dann nicht mehr viel.

Je mehr man die unermessliche Einzigartigkeit voll von Wundern da draußen wertzuschätzen vermag, desto mehr verblasst die Notwendigkeit sich an der großen fortschrittlichen Gesellschaft zu beteiligen.

Wäre doch toll, wenn es möglich wäre, sich wenigstens ab und zu auf unüberlegte Unversichertheiten einzulassen. So ganz ohne Anordnungen, Kontrollmechanismen und Disziplin. Frei zu sein, stundenlang zu träumen, irgendwo in den Wäldern oder am Wasser. Ich konnte mich täuschen, doch sehnt sich da nicht jeder nach? Es gibt einfach viel zu wenig unvernünftige Menschen.

Im Ernst des Lebens soll man mehr als die Hälfte seiner verfügbaren Jahre damit verbringen, supersteile und superwichtige Karriereleitern hoch zu steigen. Diese braven, tüchtigen Menschen sind in Geschäftigkeit und Aufregung versetzt, um einen superwertvollen Stellenwert in der Gesellschaft zu erhalten.

Der Wert eines Menschen hängt demnach von Arbeitszeit, Leistung und Bankkontoguthaben ab?

Technischer Fortschritt überrollt erfolgreich menschliche Züge. Die wenigsten erarbeiten sich diesen Weg ehrgeizig mit Intelligenz. Das richtige Vitamin B spielt die tragende Rolle, vermischt mit abstoßenden Intrigen, gegenseitigem Ausspielen und Verpetzen der Kollegen hinterm Rücken. Menschen, die etwas zu sein vorgeben. Vertuschen, kaschieren und manipulieren. Alles für ein bisschen Anerkennung der anderen. Zum Dank liegt man nach getaner Arbeit mit Magenschleimhautentzündung darnieder, weil es ein Muss ist im Job jede Menge Stress zu haben und sich entsetzlich viel aufzuregen. Die Leute spinnen doch.

Das Leben wird schneller und muss mehr zu bieten haben mit dem erfundenen neumodischen Grössenwahn. Wer sich davon nicht beeindrucken läßt, sich dem zukunftsorientierten unmenschlichen Druck nicht anpassen will, wird als Superöko abgestempelt und hat eh direkt verloren.

Es ist schon ein starkes Stück, dass die anderen hart erstandenes Geld in ausbeutende, ach so solide Lebensversicherungen investieren, mit denen man sich selber solide Sicherheit vorgaukelt. Ein Leben läßt sich nicht versichern. Wenn man dran ist, ist man dran. Vorsichtshalber zahlen wir brav ein und wissen nicht einmal, ob wir jemals etwas von unserer eigenen Rente wiedersehen werden. Weitere Unmengen Überflüssigkeiten häufen sich zu meterhohen Besitztümerbergen, von denen man selber kaum erahnen kann, wo der Gipfel der Superlative erreicht ist und was man so unverzichtbar angesammelt hat und nie gebraucht. Zu allem Übel hämmert die Werbung, offiziell erlaubt, der Masse die Vorzüge der Produkte ins Hirn. Gut also, dass man so viel besitzt von den wichtigen materiellen Reichtümern, somit hat man eine tolle Lebensaufgabe und ist jede Minute beschäftigt, seinen Besitz zu bewachen, damit einem bloß keiner etwas wegnehmen oder gar klauen kann. Wundern tut das offenbar niemanden. Einer jener Punkte, über die man nicht denken und nicht sprechen darf. Mir kam das alles wie ein ungeheurer Irrtum vor.

Bin ich irgendwie unnormal, weil ich mich genau nach all diesen Dingen nicht sehne und mir unter dem Leben etwas ganz anderes vorstelle? Entsetzlicherweise steckte ich im selben Schlamassel, war unfähig zu reagieren und ließ mich ebenfalls formen, wie es sein muss, weil es angeblich so sein muss. Ohne eine Idee parat zu haben, wie man es am besten sofort besser machen konnte. Die Einflüsse der Umwelt sind übermächtig. Ich rannte genauso rum wie ein Idiot.

Wer hat eigentlich zu bestimmen, wie etwas sein muss? Dies macht man nicht. Das macht man nicht. Jenes macht man nicht. Alles schön geordnet hintereinander im vorgegebenem Ablauf. Wer ist dieser Übermann, vor dem sich alle zu fürchten scheinen, der uns vorgibt, wie wir sein sollen, was wir zu tun und zu lassen haben? Eine ganz besonders autoritäre Persönlichkeit oder zumindest einer, der sich für solch eine hält? Wer hält da oben die Fäden in den Händen und schmunzelt sich einen in den langen Bart, wie die Menschheit sich in diesem Zirkus in Schläppchen einen abschlappt? Und dabei die wunderbaren Dinge der wirklich wunderbaren Welt im Eifer des hektischen Gefechts übersieht. Ob derjenige den Überblick behält bei der unüberschaubaren Anzahl Menschenleben und nicht hier und da versehentlich diverse Schicksale vertauscht? Dieser Hartherzige, der so unerwartet erschreckend sein kann und alle möglichen Tricks auf Lager hat, um seine Figuren erbarmungslos nach seiner Pfeifenmelodie tanzen zu lassen. Bin ich dem Akt seinerseits ausgeliefert, was derjenige mit mir vorhat, dem es gelüstet seine Experimente auszuprobieren, von denen er den Ausgang womöglich von vornherein weisse? Er ist der Stärkere und stellt die Schwächeren, vielleicht mit viel Gelächter, auf die Probe, was einer aushalten kann. Mir ist das immer verdächtig vorgekommen. Tue ich, was er will oder was ich will? Was hat ich zu sagen, zu entscheiden? Was er? Seine Grenzenlosigkeit ist ungeahnt mächtig und zwingt mich zu denken, was ich nicht denken will. Wenn ich tue, was er will, wozu habe ich dann einen eigenen Willen? Wer macht mich denkend, was ich will? Das Gute und das Schlechte? Mir geht ständig irgendein Mist durch den Kopf. Was kann ich denn dafür? Muss man alles mit sich geschehen lassen? Davon wissen die Leute nichts in ihrem betriebsamen Getue. Diese Fragen beschäftigen mich ungemein. Das kann mir wieder niemand beantworten.

Wie andere das schweigend hinkriegen, ist mir ein Rätsel. Die wissen es auch nicht, nur stört es sie anscheinend nicht. Haben die resigniert und nehmen schrägste Geschichten ohne Warum und Wozu hin? Haben sie keinen Bedarf Fragen zu stellen und Antworten zu bekommen? Wollen sie konfliktlos im Strom mitschwimmen und Widersprüche schlucken, weil es die anderen genauso machen? Der bequemste Weg ohne Widerstand. Verstehe. Habe ich vergessen was wirklich zählt oder sind es die anderen? Wie kann jeder vor sich hinleben, als sei alles in Ordnung? Wo ich genau weiss, dass dem nicht so ist.

Ein Teil meiner Verzweiflung besteht darin, dass ich glaube der einzige Mensch mit dieser Auffassung zu sein. Niemand versteht meine Schwierigkeit. Warum soll ich der Einzige sein? Warum spricht niemand mit mir darüber? Warum erlebt niemand Ähnliches wie ich oder ebenso intensiv? Geschöpfe um mich herum empfinden das Leben keinesfalls als beängstigend und anstrengend. Warum sind sie vorteilhaft mit der Gewissheit ausgerüstet, dass alles so richtig ist? Ich bin ziemlich wütend, dass sich solche Fragen scheinbar nur durch meinen Kopf schieben. Ohne sie wäre ich dieser Welt vielleicht wohler gesonnen.

Mit Neugier und der Neigung zum unbändigen Erkenntnisdrang erzeuge ich vorwurfsvolle Meinungen systematischer Erwartungserfüller. In der vorgefertigten Gesellschaft so genannt friedlich zu leben, heißt so viel wie:

„Pass dich an und alles wird wunderbar."

Das ist es dann gewesen. Anpassen. Ich kann das nicht. Wer sich nicht anpassen kann, fühlt sich mit den Mitmenschen nicht identisch und muss sich seinen Weg mit Eigensinn und Fantasie selber bahnen. Die Einigkeit mit dem Umfeld zerbricht. Muss man deswegen ein verschwiegener Einsiedler sein? Die große Gefahr, vor der man sich natürlich zu retten versucht. Ein unlösbarer Zwiespalt. Irgendjemand muss doch von all dem wissen. Mir ist das alles zu fragwürdig.

Aus eben diesem Grund beflügelte mich die Fantasie. Wenn ich nicht wüsste, dass der Horizont eine geschummelte Linie wäre und das Meer tatsächlich den Himmel berühren würde, hätte ich von der Insel aus eine Flaschenpost über die Ostsee los geschickt, um über den Wolken nachzufragen, wie das denn nun wirklich gemeint ist mit dem Genuss und dem Leben an sich. Kost´ ja nix. Der Meeresstrompostbote ist komplett umsonst.

Zurück zum Ursprung des weit ausgeholten Gedankenumweges. Eine gewagte Seltenheit zu fragen, ob es leichter ist mit dem Tod umzugehen oder mit ansehen zu müssen, wie der Exgeliebte mit einer anderen Person glücklich weiterlebte. Man selber wurde von jetzt auf gleich vom Beteiligten zum Zuschauer degradiert. Ein unseriöser Vergleich. Zumal Vergleiche nun mal hinken.

Das Ausmaß des Schmerzes unterliegt keiner messbaren Einheit. Unterm Strich vermisst man jemanden, mit dem man uneingeschränkte Einmaligkeiten erlebt hat und den man zu allem Übel auch noch immer sehr gern hat und nun nicht mehr gern haben soll, darf, kann. Radikal werden zarte Bauchemotionen aufgefordert, mit harten Kopfverstandsgedanken, tapfer und vernünftig umzugehen. Die zwei Rivalen müssen sich erst mal beschnuppern, um eventuell ewig später eine übereinstimmende Meinung abgeben zu können. Erwiesenermaßen macht mein Bauch prinzipiell das Gegenteil von meinem Kopf.

Wie viel Zeit soll man sich selber geben, sich deutlich zu machen, es ist zu Ende? Zu Ende! The end, finish, finito, aus und vorbei. Ab ist ab. Aus ist aus.

Kluge Menschen vergangener Jahrhunderte fanden heraus, welche Mittelchen diverse Schmerzzustände lindern. Nur beim Verlassenwerden wissen die Gelehrten nicht, was denn da zu tun wäre. Keiner fühlt sich verantwortlich einem zu zeigen, was man denn machen soll mit sich und der Situation an sich. Dreizehn Jahre drückte man sich auf unbequemen Schulbänken rum und verrenkte sich den Hals beim Abgucken vom Nachbarn, um gewissenhaft hindurchgeschleust zu werden:

„Kind, du sollst fürs Leben lernen!"

Für`s Leben lernen.

Ich war nicht klug daraus geworden. Die Autoritäten, die sicher eine Menge historischer Daten auswendig wussten und einem mit Auswendiglernen von Jahreszahlen, Schlachten, lauter toten Königen und elendigen Formeln die Lust genommen hatten, etwas aus der Schule lernen zu wollen, stahlen mir viel zu viel Zeit, in der ich mir lieber die Welt angeguckt hätte. Ja, ihr wohlverdienenden Oberstudiendirektoren, erklärt mal mathematisch, physikalisch oder rein chemisch, wie man mit dem Auftreten des Liebeskummers eine kluge Gleichung aufstellte, so, dass auch ich es begriff. Das konnte doch so schwer nicht sein. A Quadrat plus B Quadrat gleich C Quadrat. Hieß das soviel wie Hans zum Quadrat plus Frauke zum Quadrat gleich Ende zum Quadrat? Oder etwa Hans zum Quadrat ist A, B vielleicht die Neue zum Quadrat und C Daskanndochnichtsein zum Quadrat? Oder aber A wurde ersetzt durch die Neue zum Quadrat, B durch Frauke zum Quadrat, wie war es dann mit C gleichzusetzen? C wäre sodann Hans zum Quadrat. Dann hätten wir einen flotten Dreier. Wer log denn nun? Die mathematische Formel verlor doch spätestens hier ihre Gültigkeit.

Nee, im Ernst. Wo zog man die zeitliche Grenze? Die Länge des Verarbeitungsbedarfs stand nirgends festgeschrieben und war individuell in der Spanne zwischen drei Tagen und achtundvierzig Jahren möglich. Angeblich dauerte sie im Durchschnitt mindestens ein Drittel der zusammen verbrachten Beziehungszeit, hatte ich mir sagen lassen.

Hilfe.

Das waren ja eintausendvierhundertsechzig wertvolle Tage und Nächte, zweihundertvierundzwanzig Wochen, achtundvierzig Monate. Das waren glatt ganze vier Jahhhhhre!

Verkroch man sich so lange, um eines Tages überraschend aus dem Sumpf wieder aufzutauchen? Wälzte man sich in Trauer, als wäre es ach so angenehm, um den Absprung zu verpassen, völlig im Sog unterzugehen und auf ewig zu vereinsamen? Schmiß man sich voll ins Getümmel und zog das perfekte Ablenkungsverdrängungsmanöver namens Das-steck-ich-null-komma-nichts-super-locker-mit-links-weg durch? Oder sprang man von einem Ende zum nächsten Punkt, bis einem die Erlösung von selber kam?

Tun oder nichts tun? Springen oder warten?

Da gibt es der Möglichkeiten viele. Die Augen verwischt, das Herz gebrochen.

„Jeder muss da einsam und alleine durch", sagte der Mann von Anke, „schonungslos. Da sei halt nichts zu machen."

Insgeheim versuchte ich mir einzureden Hans wäre gestorben. Dann wäre er auf natürliche Weise weg. Und alles andere mit ihm.

Heute sollte das Jahr zu Ende sein. Silvester. Toll. Zum Frühstück war ich im Wendenstraßencafe verabredet, in dem es aussah, als saß man bei Oma in der Wohnküche. Urig hockte man inmitten alter Kleinigkeiten aus Großmutters Zeiten auf Großvaters Sofa, um bei selbstgebackenen Torten zu plaudern. Eine Kleinstadt hatte ihre reizvollen Seiten. Es gab ein Plätzchen, an dem man zu bestimmten Zeiten bestimmte Leute traf. Die Inhaberin grüßte freundlich mit einem Hallo und wie geht`s, auch mal wieder da? Ja, danke beschissen und selber so, aber das sagte ich natürlich nicht.

In unregelmäßigen Abständen traf ich hier Martina. Die Freude sie wieder zu sehen war riesig. Seit vier Jahren war sie nun solo, oder fast zumindest, bis auf einige Kurzaffären. Was mich ziemlich nervös machte, denn sie ist wirklich hübsch, ein bisschen zu schlank vielleicht, aber ordentlich auf Zack und das machte mich noch nervöser. Als sie von ihrem Geliebten verlassen wurde, war sie monatelang wie vom Erdboden verschluckt verschwunden und wühlte abgrundtief im eigenem Sumpf rum. Seitdem kroch sie allein durch`s Leben und hing größtenteils zu Hause rum, wo nichts Aufregendes passierte, geschweige denn sie einer spannenden Veränderung begegnen konnte.

„Für einen allein macht Pläne schmieden keinen Spaß mehr", schmollte sie, „interessante Männer sind vergeben und Übriggebliebene, die sonst keiner will, will ich auch nicht."

Sie machte nicht den Eindruck, als könnte sie sich noch einmal in irgendwen verlieben.

„Trotzdem bin ich neidisch auf deinen unglaublichen Zeitvorsprung", sagte ich.

„Das sag nicht so laut", seufzte sie, „wenn du wüsstest was noch auf dich wartet! Nach vier Jahren Abstand habe ich nicht viel von dem verstanden."

„Da sind sie wieder, die vier Jahre. Oh je", stöhnte ich.

Ihr konnte und brauchte ich nichts vorzumachen, so ganz ehrlich halt, dass es mir abscheulich ging und sie ließ mir mehr als drei Sekunden mich ausführlich mitzuteilen. Dann wollte sie wissen, warum ich traurig war und wo genau es weh tat. Ich sollte den Schmerz richtig zulassen und wenn ich ihn eines Morgens in Worte fassen konnte, wäre es nur noch halb so schlimm. Sie sah das alles nicht hoffnungslos verloren, als hätte sie andauernd einen Kummerklops vor sich sitzen und beurteilte die jeweilige Gemütslage wirklich ernsthaft. Bestimmt weil sie all die schlauen Bücher studierte, die das menschliche Seelchen betreffen, wieso, warum, weshalb das alles so und nicht anders sein musste. Die Seele bedeutet echteste Wirklichkeit. Dinge wie diese kann nur sagen, wer sie selber durchlebt hat.

„Und lass dich zeitlich bloß nicht unter Druck setzen. Von nichts und niemandem. Du machst das schon richtig", fügte sie hinzu.

Irgendwie wäre sie exakt die Richtige eine kompetente Liebeskummeragentur zu eröffnen, weil doch heute kaum jemand Zeit und Muße hat, sich das Gefühlsdrama von verlassenen Herzen immer wieder und wieder anzuhören. Sie würde dem Betroffenen ohne auf die Uhr zu schauen zwischen mysteriösen Bildern an den Wänden zuhören und dann individuelle Verlassenenberatungshilfen hervorkramen. Weil ich stundenlang mit ihr telefonieren konnte, da sie anscheinend nichts lieber tut als das, richtet sie bestimmt sehr gern einen telefonischen Notfallberatungsdienst ein. Für den Fall, dass dem hilflosen Wesen eine Aneinanderreihung unerwarteter Schwächeanfälle überkommt und derjenige den vereinbarten Termin nicht einhalten kann, weil es ihn dahinrafft und er vor Erschöpfung umfällt.

„Ach übrigens", verkündete sie, „soll ich dir verraten, wo Hans Silvester feiert?"

„Wo denn?", fragte ich ärmlich.

„Auf dieser überfüllten Ultra-Mega-Event-Massen-Party, auf der man sich durch ein paar Millionen bier-trinkende Leute schubsen lässt", spezifizierte sie flüchtig.

„Ähm. Was? Wie? Wo?", wunderte ich mich.

„Ich dachte, Hans findet so was voll beknackt", wunderte sie sich.

Ich schmorte: „Hat er sich wohl geschmeidig um den Finger wickeln lassen, weil Schneewittchen solche Feiern überaus toll findet und sich frisch gefönt unters Volk mischen will, um mit ihrem neuen Geliebten anzugeben."

„Ich könnte dir `ne Karte besorgen. Willste eine?", nuschelte sie und guckte unbeeindruckt aus dem Fenster.

„Unter keinen Umständen", sagte ich.

„So wie ich dich kenne, würdest du da gerne mal vorbeischlendern. Das wäre doch was. Oder nicht. Oder doch?"

„Ohne mich. Davon habe ich genug. Danke, ich verzichte. Mir reicht es", antwortete ich.

Sagte Frau nein, meinte sie meistens ja. Es gelüstete mich förmlich.

„Stimmt, du brauchst sowieso keine Eintrittskarte", grinste sie, „du gräbst Dir einen Tunnel, um dem Ganzen pünktlich um zwölf mit Dreck auf der Nasenspitze gegenüber zu stehen."

„Also echt", kicherte ich.

„Unterhaltsam ist es allemal. Garantierter Silvesterkracher sondergleichen", kicherte sie.

Bei der bildlichen Vorstellung dieser glorreichen I-dee, krachten wir vor Gekicher von den antiken Sitzgelegenheiten. Jede Situation konnte so was von Scheiße sein, Martina fand immer etwas selten ulkiges. Sie begeisterte das Gemüt und war die Einzige, die meine Gefühlsattacken mit verständnisvollem Humor nahm.

„Nutze deinen weiblichen Kampfgeist und entsprechendes Durchhaltevermögen", meinte sie.

„Kampfgeist ist rein von der naturgesetzlichen Seite betrachtet keine Frauensache. Das ist mal sicher. Im Nachhinein ist man immer schlauer", sagte ich.

„Ach was", pflegte sie zu sagen, „jede andere verkriecht sich klitzeklein und kann sich der ungewollten Situation niemals offen gegenüberstellen."

„Ja ja", sagte ich, „jeder geht jedem aus dem Weg. Nur mir gelingt das nicht."

„Schweigen ist und bleibt nun mal feige", redete sie auf mich ein, „werden Männer einmal gefordert, laufen sie davon. Wenn du dir aus jenen Tagen fehlgeschlagenes Verhalten nachdrücklicher Unarten vorwerfen lassen musst, ein verschrumpelter Feigling bist du jedenfalls nicht."

„Und wofür soll das gut sein?", fragte ich.

„Das werden wir sehen," lächelte sie, „ weißt du was, heute Abend nehme ich dich mit zu uns."

Silvester ist mindestens so erbärmlich wie Weihnachten, wenn man nicht wusste, wohin man gehörte. Eigenhändig huckepack hievten mich einige über die Jahresgrenze. Wir stießen Gläser gegeneinander. Klang eigentümlich schrill.

„Auf ein erfolgreiches neues Jahr!"

Punkt zwölf sollte man Punkt lustig sein. Punkt zwölf schlotterte ich unlustig auf einem Balkon mit

Blick auf das nächtliche Hameln und die Weser. Meine Zähne klapperten.

„Alles ist gut. Vertrau dem Leben. Das macht das Richtige mit dir", tröstete Martina, „du schaffst das."

Unglaubwürdig rümpfte ich die Nase. Das Feuerwerk erhellte die kohlrabenschwarze Nacht. Meine Gedanken waren woanders. Lieber wusste ich nicht so genau wo. Doch ich wusste es ganz genau. Jetzt küsste er sie, wie damals mich an dieser Stelle, und wahrscheinlich hob er sie unverschämterweise dabei hoch, wie damals mich an dieser Stelle.

Wir dröhnten uns die Ohren mit Schlagern voll und tanzten mit aufgesetzter Fröhlichkeit im Wohnzimmer. Heitere Stimmung auf Bestellung. Ich dröhnte mich mit Caipirinha voll und hörte nicht mehr viel. Genau das Richtige: Es war laut, es war voll, es war dunkel. Am nächsten Morgen kam ich erst wieder zu mir. Geschafft. Nix wie weg hier.

Neues Jahr, neues Glück. Ich blätterte in meinem Terminkalender und fragte mich, welche Termine ich da jemals eintragen sollte. Mit nichts in den Händen am Anfang eines langen Jahres zu stehen, lag mir nicht wirklich. Mein Kalender quoll sonst über. Pläne, Ausflüge, Termine, Allerlei. Jetzt strahlte er gähnend weiße Leere entgegen. Zugegeben, die Vorstellung war nicht besonders beruhigend, dass nichts, aber auch rein überhaupt gar nichts passieren sollte in den nächsten Tagen, Wochen, Monaten, Jahren ...!

Kam mir vor wie ein zusammengeklappter Liegestuhl, der platzsparend zum Überwintern hinter die Gartenlaube verbannt wurde. Der Besitzer hatte vergessen eine dieser imprägnierten Schutzhüllen überzustülpen, damit alles Feuchte von oben bedingungslos abperlen konnte. Ob mich jemals wieder jemand hervorkramte, bevor ich vermodert auf dem Sperrmüll landete?

Ohne eine Gelegenheit zu haben den Terminkalender zu durchforsten, ob vielleicht jemand heimlich etwas Aufregendes eingetragen hatte, arrangierte der R4-Mann eine Spontanparty in seiner unrenovierten Villa-Kunterbunt-Baustelle. Obwohl ich nicht spontan eingeladen war, ging ich sehr spontan hin. Mir reichte es anscheinend doch noch nicht. In Krisensituationen wie diesen durfte man sich daneben benehmen. Durfte uneingeladen zu Partys erscheinen. Ein Ausnahmezustand. Anteilig waren sie schließlich auch mal meine Freunde gewesen.

Die Sache mit den gemeinsamen Freunden war eine jener Sachen für sich. Früher Freund, jetzt Feind? War es so? Oder war es so? Wie war es denn? Wer mit wem? Wer gegen wen? Wer hatte vorher was gewusst und nichts ausgeplaudert? Die Unbeteiligten, doch Beteiligten entschieden sich über kurz oder lang. Bewusst oder unbewusst, aber sie entschieden sich. Der Gastgeber hatte sich für den guten alten Hans mit schlechter neuer Frau entschieden.

Ich öffnete die Tür und trat ein. Staunende Augen guckten mich an. Hans staunte auch nicht schlecht. Da ich mich in der mit Vorsicht zu genießenden Schonfristphase befand, widmete man sich der Sitzengebliebenen übertrieben und fiel mir reihenweise um den Hals. Hans natürlich nicht. Wir hatten ja Sprechverbot.

Und um den Halsfallverbot auch. Wie sich alle zu freuen schienen. Das tat ein bisschen gut. Wo man sich eh so ausgesetzt fühlte. Wie ich mich erst freute, dass jeder jeden kannte. Nur Schneewittchen kannte niemanden, weil sie ja ganz neu war. Manchmal konnte ich echt gehässig sein. Ich strotzte gewissermaßen vor selbstsicherem Getue und gackerte gekünstelt von einem zum anderen.

Ich muss gestehen, dass ich mir vorher sicherheitshalber einen männlichen Rat bei meinem Vater holte, den ich äußerst selten um Rat zu fragen brauchte, weil er mir meistens ohne zu fragen etwas zu raten hatte.

„Du Papa, was soll ich machen, wenn die beiden Frischverliebten vor mir stehen?"

Worauf der Vater antwortete:

„Du kannst alles machen, aber gib ihr nicht versehentlich die Hand."

Es gelüstete mich keinesfalls ihre Hand zu schütteln. Strenge Selbstdisziplin und strikte Einhaltung versprach ich.

Ich sah mich um. Nichts als glückliche Paare. Alle ziemlich schwarz gekleidet. In staubigen Einweggläsern waren Kerzen angezündet. Sie flimmerten schwach und zeichneten unheimliche Schatten an die Wand. Man tanzte ein wenig und schlürfte exotische Drinks in lässig improvisierter Baustellenatmosphäre.

Je später der Abend, desto eisiger das Klo. Ich holte mir einen kalten Hintern und verließ entleert die Pinkelgelegenheit. Vor der Tür stand ausgerechnet sie. Zwischen verrosteten Heizkörpern und Isoliermattenstapeln. Und wagte zu sagen:

„Ähm, ja, wollen wir nicht mal", stotter, stotter, „also ich bin Alex."

Ach wirklich, da wäre ich ja kaum von selbst drauf gekommen. Ich verschluckte mich an meiner Spucke und rührte mich nicht von der Stelle. Hans und Alex. Hört sich an, wie Michael und Marianne aus dem Musikantenstadl. Zu allem Übel streckte sie mir ihre Hand unverschämt lange entgegen. Alles drehte sich. Gib ihr nicht die Hand! Gib ihr nicht die Hand! Gib ihr nicht die Hand! Nein. Doch. Weiss nicht. Wie blöd stand ich da und zerrte, nicht mehr meiner selbst, meine schlappe Flosse von seitlicher Röckchennaht auf Brusthöhe. Ich glaubte es nicht, ich schlug tatsächlich ein, statt zu. War ich verrückt? Komplett übergeschnappt? Es rumorte im Bauch. Ich musste sofort noch mal aufs Clo.

Jetzt fand ich sie noch doofer, weil sie mich dazu brachte ein Versprechen nicht zu halten. Half nur tanzen. Sonst gar nichts. Mann, mach doch mal laaaaaauuuuuter!!!

Es kam, wie es kommen musste. Lang ausgestreckt legte ich mich auf den Boden des elterlichen Wohnzimmers. Erschütterung benebelt. Ausgiebig angeguckt hatte ich, wie er sie mit zu uns nach Hause nahm, um nachher die ganze Nacht einsam zu heulen.

Zu allen Tages- und Nachtzeiten waren die Ohren des Nachbarn geöffnet. Tütenweise Trostgummibären hielt er parat. Oft klebten wir kauernd hinter der Scheibe und betrachteten das Licht auf schneebedeckten Feldern. Dann schaute er in seine Glaskugel.

„Was siehst du denn?", fragte ich manchmal.

Er sagte: „Heute nicht besonders viel, ehrlich gesagt. Eine unendlich gerade Strecke. Schnurgerade."

„Och", sagte ich enttäuscht, „mehr nicht?"

„Geradeaus ist doch toll", begeisterte er sich, „das hat was mit viel Freiheit zu tun."

„So viel will ich davon gar nicht haben. Ich gebe dir gerne was ab", sagte ich.

„Der Freifahrtsschein ist nicht übertragbar. Leider."

Dennoch, unendlich geradeaus zu fahren, ganz und gar ziellos, wäre das einzig Richtige. Da waren wir uns einig.

Wüste hat mit wüst nichts zu tun

Jeder Mensch
braucht ab und zu
ein wenig Wüste.
Dass du immer merkst,
wann du sie brauchst
und sie dann auch findest,
das wünsche ich dir.

Wenn man fest an etwas glaubt, dann tritt es ein. Soeben bescheiden angeträumt, schon war es doppelt so
reichlich Wirklichkeit. Zwei Fremde auf dem Weg nach
nirgendwo.

Afrika. Ferne, Weite, Horizont, Geradeaus. Der Weg durch die Wüste war kein Umweg. Selbst wenn er noch so lang und noch so heiß sein sollte.

Mit Beginn des Ausbruchs fühlte sich alles anders an. Es musste ein Versehen sein, dass eine hochwillkommene Zuteilung uns in die exklusive First-Class platzierte. Ungeahnt, ungebucht, unbezahlt. Mir war das Recht. Gedankenverloren ließ ich mich neben dem Glaskugelnachbarn nieder. Wir versanken in noblen Sesseln, in denen pausenlos Champagner und Pralinen vom Feinsten gereicht wurden. Vor lauter luxuriösem Pommery de France bekam ich rote Bäckchen, musste Acht geben nicht zu laut zu flüstern in dem edlen Etablissement und verfiel in einen zwölfeinhalb-prozentigen Seligschlaf. Dekadent wäre milde ausgedrückt, um die Bequemlichkeit der ausziehbaren Schlafgelegenheiten über den Wolken zu beschreiben. Die fluggesellschaftseigene Wäscherei investierte sicher einen Haufen Schotter, um die kuscheligen Kuscheldecken außerordentlich schäfchenkuschelweich und frühlingsfrisch zu spülen. Als wir die Augen aufmachten, umrandete klein geschnippelter Obstsalat dekorativ feines Mandeltörtchengebäck, während die Krönung der schönsten Stunden mit duftendem Bohnenkaffee durch die Gänge zog. Da sollte sich einer über den Service im deutschen Land beschweren. Uns ging es saugut.

Windhuk lag mitten im Nichts. Das passte hervorragend. Nichts erwartet.

„Du weißt, wo es lang geht?", fragte er.

„Geradeaus, oder? Bis die Straße zu Ende ist und der Atlantik anfängt."

So viel geradeaus auf einem Haufen. Nichts und doch alles. Wer hätte gedacht, dass es so etwas gab.

„Schieb mal die Kassette rein", sagte er und knotete sich ein Stirnband um den Kopf.

„Was hörst du denn gern in dieser Gegend?", fragte ich.

„Reggae natürlich," sagte er.

„Oh je", stöhnte ich, „können wir uns zwischendurch auf Westernhagens deutsche Mitsingtexte einigen?"

„Mit dem ist bestimmt noch kein Mensch durch diese Wüste getuckert", murrte er.

Reggae und Marius wechselten sich ab. Musik lauschen und durch öde Landschaft rauschen. Ich blinzelte in die Weite hinaus. In mancher Hinsicht gefiel mir die Sache mit der Freiheit ganz gut.

„Guck mal, das kräftige Himmelblau am Nachmittag."

„So blau, wie etwas nur blau sein kann."

Afrikanische Wolken schauen. Mehr nicht.

Er fragte: „Hey, hast du Fantasie?"

„Klar", sagte ich.

„Mit Fantasie kannst du Wolken zu reellen Formen werden lassen. Das da könnte ein Schaf sein."

„Und das da hinten ein Delphin."

„Das da eine springende Gazelle", lachte er.

„Und das da ist einfach eine Wolke."

„Sie hängen so tief, als könnten wir sie greifen und mitnehmen."

Der Geruch von Salz und Ozean stieg uns in die Nasen. Am Meer. Endlich am Meer. Wellen und Wind verwandelten weit entfernte Gedanken in wohltuende Träume.

Swakopmund. Wie der Name schon klingt. Jahrzehntelang war die Zeit in dem Örtchen stehen geblieben. Es sah aus wie in Cuxhaven hinterm Deich, mit Blick auf den Leuchtturm. Inmitten liebenswert kitschiger Dekoration von vorgestern ließ ich den Kopf über die Bettkante hängen und der Nachbar verwöhnte mich mit Feinfühligkeit. Wie mir schien stundenlang. Berührung, die gut tat. Mühsam richtete ich mich auf, legte mich sofort wieder zufrieden hin. Er fing an eine bezaubernde Gutenachtgeschichte vorzulesen. Bei Kerzenschein. So bezaubernd, dass sie an Zauberei grenzte und uns mitten in die Kulisse eines Märchens hineinzauberte. Ich war sprachlos. Das kam selten vor.

Und dann. Am anderen Tag. Ab in die größte Dünenlandschaft der Welt. Das grenzte erst recht an Zauberei. Dünen. Wohin ich auch schaute Dünen. Ungeheure Dünen. Dass es Derartiges gibt in echt. Wir versanken in den Körnern einer Sandschlacht. Bis die Sonne tiefer rutschte und sich ein magischer Sonnenuntergang von der größten Düne überhaupt ankündigte.

Ich rief: „Auf jeden Fall für diesen Fall sollten wir eine Flasche Wein dabei haben."

„Warte doch mal ab!" Er sagte das immer so schön.

Längst hatte er Gläser und Fläschchen gut gekühlt im Kofferraum versteckt. Mit kostbar gefülltem Pappkarton unterm Arm stapften wir den Hügel hinauf.

„Bohhhhh", schnaufte ich, von dem aussichtsreichen Gipfeltreffen geplättet. Ich war ziemlich außer Atem. „Guck dir das an. Hast du so was schon gesehen?"

Sand unter den Füßen. Salz auf der Haut. Der Blick reichte über das Meer, letzte Lichtstrahlen schoben sich durch das Wolkengemälde. Götterhimmel über uns. Im Hintergrund zahllose Wunderdünen. Lichter, Sterne, Augenglitzern. So was von hochromantisch, dass es schon fast kitschig war. Wer hier nicht die Seele baumeln ließ, war selber Schuld. Unbeschwertheit verkürzte die Distanz zwischen zwei Menschen radikal. Darauf Prost. Auf uns und uns und dass wir hier sein durften. Dass wir zusammen waren an diesem Punkt. Begeisterung, die stumm machte, aber alles andere als blind und taub. Zwei Königskinder hockten auf dem höchsten Thron weit über den Dingen. Wir winzigklein und riesengroß. Als würden wir die Welt noch mal von vorn erfinden. Ich wusste nicht, was größer war. Wir oder die Dünen. Fühlte man sich in der Gegenwart des anderen wohl, konnte man schweigend nebeneinander sitzen. Worte wurden überflüssig, weil der Augenblick bis an den Rand mit Sinn gefüllt war, das Leben begann unwiderstehlich von sich zu erzählen und führte uns hinein in faszinierende Geschichten. Wenn wir nur lauschten.

„Sei mal leise", flüsterte ich.

„Warum?", flüsterte er.

„Darum", flüsterte ich.

„Ach so!", flüsterte er.

Lauschen war das Stichwort, damit wir die hörbare Stille nicht zerstörten. Diese Stille, die uns still verband, still verführte, uns still zu küssen. Die Sternschnuppenfee schickte einige Schnuppen vorbei. Ein Sternschnuppendoppelpack sauste durch das Dunkel. Ob man sich da zwei Dinge wünschen durfte?

Eine Woche war ich der gemütlichste Beifahrer. Auf schnurgeraden Straßen durchzogen wir einsame Regionen. Wir trafen Elefantenherden, die vor uns Halt machten und uns genauso betrachteten wie wir sie. Ihre Ohren waren mindestens so groß wie Tische für sechs Personen. Sie jagten uns einen ganz schönen Schrecken ein. Und erst die Giraffen mit ihrem arroganten Gang. Wie sie sich ungeniertem Liebesspiel hingaben. Wankten sich graziös entgegen, beschnupperten sich von allen Seiten und kuschelten ihre langen Hälse leidenschaftlich umeinander. Lieber Gott, lass mich im nächsten Leben eine namibische Giraffe sein. Bitte.

Die Zeit gelungener Gedankenablenkungsmanöver war rasend schnell vorüber. Und doch kam es mir vor wie eine Ewigkeit. Erholt wie ich mich fühlte, mussten wir mehr als nur eine einzige Woche weg gewesen sein. Ahnungslos, wer wann, wie, wen, wo wiedersehen wird.

Wie Frauen nun mal sind, rief ich sofort Andrea an. Befallen vom Wüstenschnellsprechkoller ratterte ich schwer beeindruckt die abenteuerlichen Tage in den Hörer. Als ich endlich Luft holte, sagte sie zu meiner Ernüchterung, dass sich das nicht schlecht anhörte.

„Ich muss dir auch was erzählen", sprach sie weiter, „derweil war ich mit Hans beim Ski fahren."

„Mit wem?", fragte ich.

„Mit Hans," sagte sie.

„Das sagtest du bereits," sagte ich

„Ja," sagte sie.

„Ich glaube die Details will ich nicht wissen," sagte ich spröde.

Meine beste Freundin fuhr mit meinem besten Ex-freund in die Berge. Brannten die beiden „Verbotene Liebe" vorabendserienmäßig zusammen durch?

Mit einem Wisch war lange nicht alles weg

Fernsehstubenhockersonntagsstimmung. Ich platze mitten rein. Doch störte man niemanden. Am Sonntagnachmittag zumindest.

Hans machte die Tür auf, sprach kein Wort. Nein keins. Verachtung, die schmerzte. Geräuschlos sammelte ich ein, was ich in der Kleiderschrankschublade finden konnte. Er stöhnte verhalten eine Frage raus. Das war aber auch die einzige Äußerung, die drin war.

„Wann holst du endlich deinen Kram ab?"

Jemand legte mir an mein wundes Herz, unbedingt meine Sachen abzuholen, die er als Kram bezeichnete. In diesem Kram lebte er bisher übrigens recht ordentlich. Eines Tages wäre ich darauf wichtig stolz, sagte der Jemand. Ich wollte weder stolz oder wichtig sein noch meinen Kram abholen, geschweige denn eines Tages erleben. Überraschenderweise brach ich nicht sofort in

Tränen aus.

„Ich werde nicht nur meinen Kram abholen, sondern meine gesamten Möbel ebenso. Und zwar genau übermorgen."

Wie hypnotisiert sagte ich das. Er zog die Augenbrauen hoch, als würde er nicht verstehen.

„Was?", brüllte er so laut er konnte, „übermorgen? Dann muss ich bis dahin Schrank, Kaffeemaschine, Bettwäsche, Herd, Regale und Lampen besorgen?"

Ich überhörte die Frage gekonnt. Obwohl er so schrie.

„Hilfst du beim Auszug?", fragte ich unemanzipiert.

„Wieso, du willst doch ausziehen", schmollte er hochnäsig.

Er spielte wohl den Unerregbaren. Diesen Tonfall konnte ich schon gar nicht leiden. Und drehte sich sein eigenes Wort in seinem eigenen Mund herum. Kram abholen und ausziehen war doch ein und dasselbe. Kram abholen - ja. Brauchbare Stücke stehen lassen - auch ja. Verstand ich nicht ganz. Ach, du kannst mich mal. Ich wollte wütend werden. Bisher gelang mir das nicht. Wut tut gut! Weil man im Zorn keinen Schmerz spürt. Das ist so. Kolossale Wut im Bauch versteift die Ohren, drückt die Brust raus und lässt den Rücken kerzengerade stehen. Wie von selbst und ohne sonderliche Anstrengung. Wutentbrannt knallte ich die Tür von außen zu. Sollte er in die blöde Glotze glotzen. Am besten im Streit auseinander gehen und die Fetzen fliegen lassen. Kein Streit. Keine Versöhnung.

Und schon war übermorgen. Möbel und Kram abholen. Bring es flott hinter dich. Sonnendurchflutet, Namibiaenergie aufgetankt, Zellen mit frischer Luft gefüllt. Mutig sein. Stärke zeigen.

Wir fieselten unsere materielle Jugend auseinander. Weil ich so unbeschreiblich wütend war, nahm ich mir vor, jeden Nagel einzeln aus der Wand zu rupfen. Von hilfreichen Wutausbrüchen war leider nichts mehr spürbar und die Nägel blieben wo sie waren. Er tat völlig unbeteiligt und bemühte sich um ein ausdruckloses Gesicht.

„Den kannst du haben", sagte er und hielt den krummen Kerzenständer in der Hand. Ich schüttelte den Kopf.

„Ach nö", entgegnete ich selbstlos, weil es mir fast Leid tat, ausgerechnet dieses Schmuckstück vom Verandatisch zu entfernen. Ich hätte es doch nur stundenlang angestarrt und mir die Momente reingezogen, in denen wir zufrieden da saßen und sich Schatten der Flamme auf unseren Gesichtern bewegten. Wertlose Gegenstände und verstaubte Kleinigkeiten bekamen unschätzbare Werte, lagen in ihnen schöne Erinnerungen begraben.

„Das ist deins."

„Das ist meins."

„Und was machen wir mit den Gardinen? Die gehören auch mir", stellte ich fest.

„Wie, die willst du ja wohl nicht abnehmen?", kreischte er panisch, „dann kann ja jeder ins Fenster gucken."

So was Bescheuertes hatte ich überhaupt noch nicht gehört. Entweder ich ziehe aus oder ich lasse es. Einmal so, einmal so und dann wieder so. Noch ein Wort und ich bleibe.

„Können wir uns da nicht einigen?", fragte er bereitwillig alles Geld der Welt zu zahlen, damit die tristen Vorhänge samt Stange hängen blieben. Ach, jetzt auf einmal einigen. War ja interessant. Du wolltest doch von Vereinigung nichts mehr wissen. In Gottes Namen behalt die lumpigen Fetzen.

Mitten im Gemetzel blödelten wir rum wie in alten Tagen, beömmelten uns über das Dilemma. Er machte Späße und ich musste leider lachen. Lach kaputt, was dich zerbrechen würde, tröstete ich mich selbst.

Hans machte sich lauthals Gedanken, wie er das Chaos übrig gebliebener Unterhosen-, und Geschirrhaufen in den Griff bekommen sollte. So ganz ohne Schränke.

Meine aufgesetzte Grinsemiene war derweil erstarrt und ließ sich erst nach gymnastischen Rückbildungsübungen in den ursprünglichen Zustand formen.

Wenig später kam ein Umzugshelfer mit einem großen Transporter. Der Helfer lehnte gelassen im Türrahmen.

„Wie kann man denn hier ausziehen?", fragte er, „ist doch voll klasse. Boh, und das Gemälde an der Küchenwand ist ja cool."

Unheimlich cool. Unheimlich klasse hier. Ach was. Halt bloß die Klappe, du Helfer du, und sieh zu, dass du das Zeug schleunigst runter trägst. Der Zwanzigjährige hatte sich auf eine lustig biertrinkende Umzugsgesellschaft eingestellt und wunderte sich, dass er von stummer Trauer umgeben war. Ich guckte aus dem Fenster und drückte die Stirn daran platt, während die Scheibe beschlug und sich ein Kreis bildete. Nun war alles weg, keine Spur hinterlassen. Mich schüttelte es. Er gehörte mir und niemandem nicht und konnte tun und lassen, was er wollte.

Wir fuhren am Krankenhaus vorbei. Mama saß auf ihrem Bett, als ich die Tür öffnete. Die Laken weiß. Es roch steril.

„Schön, dass du da bist", lächelte sie sanft, „komm, wir verziehen uns einen Moment ins Besucherzimmer", zwinkerte sie.

Sie sah geschwächt und abgemagert aus, als sie das Wägelchen mit Flüssigkeit gefüllt neben sich herschob und aufpasste, dass sie nicht über die Schläuche stolperte, die in ihrem Arm feststeckten. Wie oft sie wohl schon damit diesen Krankenhausflur abgewandert hatte? Inzwischen bekam sie die dritte Chemotherapie und steckte voller Hoffnung. Sie ließ mich weinen und reden und fand den Hans nicht mehr so nett wie früher. Dann weinte sie auch ein bisschen. Für das Wochenende durften wir sie mit nach Hause nehmen.

Meine ausgeräumten Persönlichkeiten stapelten sich in der kalten Garage der Eltern und sollten dort auf unbestimmte Zeit verweilen.

Unangemeldet kam Martina vorbei. Wir saßen in Mamas Küche und verschlungen sämtliche Vorräte. Sie kaute auf einem Stück Käse.

„Siehst du, Frauke, den Tag hast du hinter dir. Der kommt niemals wieder. Geschafft!", sagte sie mit vollem Mund.

Sie plauderte aus ihrem Nähkästchen die gesammelten Geschichtlein aus, die einem während der Trauerphase widerfuhren, auf was für ausgefallene Begegnungen man stieß und welche sensationellen Dinge sich ereigneten. Ich glaubte nicht, dass das auf mich zutraf.

Dennoch waren verrauchte vergackerte Frauenrunden in Wolldecken eingehüllt das beste, was es gab. Jawohl.

„Hol doch mal die alte Holzkiste mit den gesammelten Liebesbriefen von vor 18 Jahren aus der Garage rein. Da gibt es sicher noch was zu lachen heute," stachelte sie.

„Gute Idee."

Mein Vater kriegte die Krise, als er in heller Entrüstung mitbekam, welcher spätpubertierender Männerverschleiß auf der neugierigen Entdeckung des anderen Geschlechts in seinem gesegneten Haus rein-und raus geschleust wurde. Ach, wenn die Eltern wüssten, was erst los war, wenn sie entspannt weit weg im Urlaub saßen. In der Tat hatte ich mal dem allwissenden Bravo Dr. Sommer ein paar Fragen gestellt und sogar eine Antwort von ihm unterschrieben erhalten. Den Brief konnte ihn kaum vorlesen, weil mir diesmal vor Lachen die Tränen kamen. Mama auch. Heilfroh darüber, solch einen amüsanten Abend zu erleben.

Das Porträt an der Küchenwand verschwand wenig später. Als es euphorisch überpinselt wurde, schielte ich am nächsten Morgen durch die darüber geklatschte Wandfarbe. Entweder war die Farbe zu billig oder der Preis zu hoch uns einfach zu übertünchen. Das hatte ich aber gleich gesagt.

Alle Männer sind nicht gleich

„Meine Frau liegt im Krankenhaus", klang der Nachbar besorgt, „kannst du kommen?"

„Sicher", sagte ich leichtfertig, „wie spät ist es?"

„Acht oder neun. Weiß nicht genau."

„Bin glcich da."

Fernab auf einem Dorf wohnte er, in dem kein Streuwagen den Schnee beiseite räumte. Das erste Mal war ich bei ihm zu Hause. Jetzt hatten wir den Salat.

„Komm rein", freute er sich.

In der Wohnung sah es aus, als hause eine glückliche Familie darin. Tadellos aufgeräumt stand alles dort, wo es hingehörte. Hier und da hinterließen Kinder ihre Spuren.

„Ich kann nicht kochen", sagte er verzweifelt, „hilfst du mir die nächste Zeit Sohn und Tochter zu versorgen?"

Wir stöberten die Küchenschränke durch. Irgendwie kam es mir abwegig vor, überlegen zu sollen, wie man aus gut sortierten Zutaten in Tupperdosen angemessene Kindermenüs zauberte. Die Kleinen schliefen längst und ihr Papa zeigte mir stolz, wie seelenruhig der Verlust seiner Freiheit in den Betten ruhte. Schlafende Kinder zu beobachten erwärmt Herz und Seele. Sie atmeten tief und hielten ihren Kuschelbären fest im Arm. Kinder brauchen auch nachts viel Liebe und Zuneigung. Das konnte ich gut verstehen.

Wir lagen auf dem Sofa, schlabberten Vanillepudding mit Erdbeeren aus der Konservendose und wunderten uns nicht über reichlich Zuneigung zueinander. Bis die Kinder in die Schule mussten und er mit ihnen das Haus verließ. Mit wirrem Haar stand ich im fremden Badezimmer. Keine der Zahnbürsten gehörte mir. Immer hatte ich gehofft, dass mir das bitte nie passieren würde. Seine Frau lag im Krankenhaus und ich derweil relaxed auf ihrer Sofaecke. Nee, das war nichts für mich. Schnell raus hier. Egal wie die Ehe aussah, solange sie existierte, wollte ich nichts damit zu tun haben. In der Wüste war es etwas anderes. Aber nicht der klassische Fall unter ihrem Dach und die Kinder nebenan. Nein.

Grob geschätzt war ich acht Stunden später wieder da. Der Geist so willig, das Fleisch so sehr schwach. Wie herrlich es war, bei unerlaubter Romantik aneinander gelehnt auf dem Fußboden zu sitzen. So ging das viele Nächte. An schlafen gehen war nicht zu denken. An alles andere auch nicht.

Die Tage wurden kürzer. Traurig bedingte Ausstrahlung veränderte die Anziehungskraft, wie mir schien. Grundverschiedene Wegkreuzer schleppten mich durch den grauen Winter, durch diese düstere Zeit. Für ihre sorgsame Aufmerksamkeit war ich sehr empfänglich. Vorübergehend brachten sie mich auf andere Gedanken, ich blühte etwas auf und verabredete mich mit jedem, der mich danach fragte. Jeder für sich ein echter Segen. Sie überschütteten mich mit Komplimenten. Meine Ohren voller Schmeicheleien. Ein bisschen angehimmelt zu werden hatte noch keinem geschadet.

Auf dem Geburtstagsfest von Andrea fasste ich den Entschluss konsequent nur noch das zu tun, was mir persönlich gut tat. Mit der gewagten Theorie musste ich gleichzeitig eingestehen, dass ich nicht mehr wusste, was mir überhaupt gut tat. Ich wusste nicht einmal mehr, was Spaß machte, geschweige denn mir vorstellen zu können, jemals wieder welchen zu haben.

Einer der Gäste holte mich von zu Hause ab. Der Fahrer kam wohl aus dem fränkischen und machte gerade eine schwere Zeit durch. Er nannte mich pausenlos Mausi und fand alles toll, was ich sagte. Dass er kürzlich verlassen wurde, konnte ich mir denken. Das Ausmaß an Traurigkeit sprengten wir gemeinsam und teilten dreimal dasselbe Schicksal. Im Stau stehen, den Exgeliebtenentwöhnungsprozess durchstehen und den Weg nicht finden.

Nicht alleine auf der Party zu erscheinen tat gut. Tanzen tat gut. Sich zu betrinken tat gut. Rumknutschen tat sehr gut. Morgens gemeinsam zusammenzusacken tat auch gut. Andrea hatte die Turnhalle nebenan gemietet. So ähnlich wie bei Hanni und Nanni im Landschulheim. Mit dem Franken lag ich auf der harten Gymnastikmatte, der stellenweise an mir rumfingerte. Das tat ein bisschen gut. Ach, was war ich frei und konnte küssen wen ich wollte. Keine Verpflichtung. Keine Versprechen.

„Adele Mausi", verabschiedete er sich und trippelte von dannen.

Ein lieber Kerl. Doch zu jung, zu langweilig, zu meinungslos. Alles-recht-mach-Typ.

Ich blieb noch ein paar Stunden sitzen, als einer von den Übriggebliebenen über den Katerfrühstückstisch rief:

„Endlich ist der Typ weg. Ich warte schon die ganze Nacht, mich mit dir zu unterhalten."

Der übertrieb bestimmt. Er bewunderte mich von allen Seiten. Der nette, wohlverdienende Herr, der ausnahmsweise nicht in Scheidung oder Trennung lebte, hatte Hut und Mantel angezogen.

„Bist du so weit?", fragte er, als wären wir 20 Jahre verheiratet.

„Wie weit?" fragte ich.

„Na, ich denke wir rauschen jetzt zusammen nach München," räusperte er sich und spielte nervös mit dem Schlüssel seines funkelnagelneuen Sportwagens.

„Wenn du das denkst", dachte ich und war wenig gewillt zu widersprechen mit einem mitzufahren, der in der wirklich großen Welt tätig war, wo mächtige Leute, viel mächtiger noch als ich mir jemals vorstellen konnte, gleich zwei Häuser hatten und in den prächtigen Villen unter goldenen Kronleuchtern wohnten. Er war ein angesehener und einflussreicher Mann, dem alles ausgezeichnet gelungen war, was er in seinem jungen Leben zielstrebig erreichen wollte. Die Zusammenfassung seiner Erfolge ließ er mich in ungefähr vier bis sieben Minuten wissen. Sollte ich da wirklich mitfahren, fragte ich mich, während er einige Runden überprüfend um sein Auto rannte, ob ihm keiner einen Kratzer in den edlen Metalliclack gemacht hatte. Und falls doch, würde er denjenigen wahrscheinlich meilenweit verfolgen und grün und blau schlagen vor lauter Ärger im Hals. Wen interessiert schon ein Lackkratzer? So reich und doch so arm. Was soll`s? Ich hätte ja auch den Bummelzug nach Hause nehmen können. Weil ich das nicht tat, kam es noch am gleichen Abend dazu, dass er mich vornehm ausführte und wir schlemmten beim Feinkost Käfer in der Prinzregentenstraße. Schon der erste Schritt in die Lokalität, kostete mehr als sich auf meinem Konto befand. Ohne zu wissen, was sich hinter hochkomplizierten Speisekartenformulierungen für mickrige Portiönchen auf riesigen Tellern versteckten. Das Gesprächsthema war ein und dasselbe. Es ging um Nullen vor dem Komma, dessen Zahlen mir unvorstellbar waren. Er tat, als wäre all das selbstverständlich, wovon er redete, wo ich nicht einmal wusste, was Zahlen darstellen sollten. Sie hatten so gar nichts Greifbares an sich. Er gab sich alle Mühe mich einzuschläfern, bis ich gelangweilt die Augen verdrehte. Ging es einmal nicht darum, sollte ich nicht so zimperlich sein und mal eben mit ihm ins satinbezogene Bett hüpfen. Er beliebte schlecht zu scherzen. Solche Scherereien hielt ich mir in Zukunft vom Hals. Die taten nicht gut.

An einem dieser treffreichen Tage meldete sich der Mann, der sich nur heimlich mit mir verabredete und den ich nie anrufen konnte, selbst wenn mir danach zumute wäre, weil seine Frau sonst einen Eifersuchtstobsuchtsanfall bekommen hätte. Grausiger Zustand. Einer von beiden war der Lebensabschnittsbevollmächtigte und der andere der Lebensabschnittsanpassungsfähige. Der eine, der den Satz des anderen beendete. Der eine, der für den anderen dachte, sprach und entschied. Dann konnte der eine das eine und der andere das andere nicht mehr tun oder lassen, weil sich der eine an den anderen angebunden hatte. Sie standen sich selbst im Weg und führten ein armseliges Leben im Irrglauben, nichts mehr getrennt voneinander tun zu können. Dabei erweiterte ungleichgeschlechtlicher Erfahrungsaustausch den eigenen Horizont.

Der Heimlichtuer war ein vermurkster Fall auf der Endlossuche nach Sinn und Unsinn des Lebens. Ab und zu flunkerte er seine Frau an, um aus der Routinefalle auszubrechen. Dann philosophierten wir durch fantasievolle Welten, bis die Sperrstunde uns zum Gehen aufforderte. Das tat manchmal gut.

So und so ähnlich abwechslungsreich ging das monatelang. Einen für alles gab es nicht. Manchmal waren die Beteiligten so schnell verschwunden, wie sie kamen. Zu meiner Schande musste ich gestehen, dass mir das nicht mal etwas ausmachte. Während egoistisch leichtsinniger Testphase sträubte sich etwas dagegen den Erstbesten zu angeln, nur um irgendjemanden zu haben. Womöglich jemanden der mich nicht mal überraschte, mir nichts beibrachte, der geheim gehalten werden wollte oder purer Ablenkung diente. Es schien zu verfrüht in Panik zu verfallen. Die Krise keinen mehr abzukriegen, stand noch früh genug Spalier. Warten.

In jener kalten Winterzeit gab es zahlreiche Aufeinandertreffen der unheimlichen Art. Die Erscheinung sah nicht halb so frühlingshaft aus, wie er hieß. Lenz war sein Name.

„Hey, was ist los mit dir?", fragte ich.

Der wache Blick seiner scharfsinnigen Augen drang durch mich hindurch. Seine Augen waren ständig in Bewegung, als müssten sie vor drohenden Angriffen auf der Hut sein.

„Ich habe keine Ahnung, wie viel Zeit mir noch zum Leben bleibt. Ein Tumor im Kopf wurde entfernt, Diagnose Krebs, Herzinfarkt, Blutoberhochdruck. Die Ärzte sind überfordert mit meiner Krankenakte und haben mich als unheilbares Phänomen aufgegeben", sagte er ausgemergelt.

In der Tat war er eine ungewöhnliche Persönlichkeit. Ein Mensch, lückenlos vollgestopft mit ungeheurem Wissen sämtlicher Sachbücher.

„In meinem Hirn herrscht Chaos", redete er weiter, „meine Gedanken sind nicht zur Ruhe zu bringen. Die Nerven liegen blank und stehen vor der Explosion. Medizinisch erprobte Methoden finden keinen Anklang und auf das Geschwätz der gelehrten Doktoren habe ich keine Lust mehr, weil ich denen eh alles besser erklären kann, als sie mir."

Diese Gestalt unterlag der Unmöglichkeit einer angemessenen Beschreibung. Geschwind sauste er durch mein Leben. Allein die Art, wie seine Erscheinung mir gegenüberstand, war einmalig zum Fürchten. Die gesamte Statur hart wie Stahl, stark wie ein Bär. Meist hatte er die Hände in den Hosentaschen vergraben, den Oberkörper aufgerichtet und die Schultern weit vom

Hals entfernt, sodass er unmöglich durch einen Türrahmen passen konnte. Dabei war er vom Körperbau her ein ziemlich zierliches Persönchen. Nicht größer als ich, aber tat, als wäre er ein Riese.

„Weißt du eigentlich, wer du bist, Frauki?", fragte er, „weißt du wie schnell materialistische Dinge jegliche Wertigkeit verlieren, zur größten Unwichtigkeit werden? Geht es dir ernsthaft an den Kragen, fühlst du dich mies und bist davor zu krepieren, dann wünscht du dir nur ein Fenster zum Rausgucken und ein Glas Wasser."

Ich sagte nichts. Was sollte man schon sagen, wenn einer einem erzählt, dass er kurz davor war abzukratzen? Was sollte man schon sagen, wenn man selber nicht wusste, wer man war, und so direkt danach gefragt wurde? Viel Zeit zum Überlegen gab er mir nicht, um auf seine hochqualifizierten Fragen eine halbwegs qualifizierte Antwort zu finden. Lieber hätte ich darüber nachgedacht, als mich belanglosem Bürokram zu widmen. Trotzdem musste ich zurück an den Schreibtisch.

Kurz darauf telefonierten wir stundenlang. Klar und deutlich, sachlich und unwiderruflich schmetterte er die Geschehnisse seiner Lebensumstände um die Ohren. Er las alles nach, argumentierte dementsprechend rhetorisch unüberbietbar und ließ kein oberflächliches Geplänkel zu. Wieder fragte er etwas:

„Bist du gesund, Frauki? Was willst du mehr, Frauki? Dann hast du doch alles. Tu was und lebe!"

Wie lange er durchhielt, keiner wusste es, doch er kämpfte. Die Krankheit machte einen Strich durch seine Lebensrechnung.

„Der Teufel hat mich in den Arsch gebissen. Ein Arsch geht, ein Arsch kommt. Die Ironie des Lebens,

Frauki", nuschelte er ohne die Lippen zu bewegen.

Ich fühlte mich fürchterlich schlecht, so viel Zeit mit Traurigsein zu verschenken, weil einer dieser Ärsche mich gerade verlassen hatte, und fragte mich, wie man sofort den ultimativen Lebenswandel erreichte, wenn man in den Gefühlen gefesselt war und nicht konnte, wie man gern würde. Lenz kannte die Antwort auf die ungestellte Frage. Mit ihm redete man nicht wie mit irgendwem. Er verkörperte die Symbolik eines auserkorenen Menschenwachrüttlers, der den einen oder anderen aus der Zerstreuung schütteln sollte.

„Stell dir vor, die Sonne scheint, und du stehst 10 m über der Erde. Was entsteht da? Richtig, ein Schatten von dir. Und jetzt stell dir vor, dein Leben ist wie ein einziger Tag. Geh´ schön der Sonne entgegen. Der Schatten wird von alleine länger, weil die Sonne langsam unter geht. Schau nach vorne, nicht zurück. Die Vergangenheit ist gewesen. Geh´ der Sonne, dem Licht entgegen. Nimm an, was die Menschen dir geben, sie mögen dich Frauki. Geh nicht vom Schlechtesten aus. Dazu ist das Leben zu schade. Ich würde gerne mit dir tauschen, glaube mir."

Immerhin waren geschlagene drei Tage ohne Tränen vergangen. Er hatte verdammt noch mal ziemlich Recht und sagte Frauki, wie das sonst keiner tat, und rollte dabei das R in seinem Mund herum.

In der Schatzkiste, die schatzkistiger kaum sein konnte, kramte ich noch mal nach. Schwarz auf weiß stand es da genau umgekehrt: *Nimm dir die Zeit, die du brauchst zum Traurigsein* und so. Andauernd hörte ich Zeit, Zeit, Zeit. Meine Zeit ging im Nebel unter wie alles andere ebenso. Ich ging ins Bett und grübelte die ganze Nacht.

Hielt er seine quälenden Gedanken nicht aus, rief er mitten in der Nacht an. Er wollte dem Leben ein Ende setzten, bevor es ihn in Zeitlupe auffrass. Ich fuhr natürlich hin, weil ich mir einbildete dies verhindern zu können. Hätte wohl jeder gemacht. Eben lag er zerbrochen schlapp darnieder, nun kochte der Übermächtige mir den Tee und nicht umgekehrt. Lässig versank er dann in seinem Lehnstuhl und gab zu verstehen, dass er sich beeilen musste seine Ziele zu erreichen. Er war so nett und gab mir davon ab, von seiner kostbaren Zeit, dieser unbestechlichen Zeit, in der wir ständig eine Illusion durch eine andere ersetzten und von der nichts übrig war, um sie sinnlos zu verschwenden.

Wortlos tauchte er auf. Oft erschrak ich. Alles an ihm war unberechenbar. Mir fiel das Sprechen schwer, bis ich merkwürdig nervös auf dem Stuhl hin-und herrutschte. An seinen Ansichten gab es nichts zu rütteln und das rechthaberische Verhalten ließ mich nicht zu Wort kommen. Wo ich doch sonst alles besser wusste. Die unvollständigen Sätze waren alles andere als das, was ich sagen wollte. Mit der Brutalität seiner Worte bewegte er etwas in mir, was keiner bisher schaffte.

Verbal war er mir eindeutig überlegen und die Gefahrenzone wurde zu weitläufig. Auf Dauer tat er mir nicht gut. Doch blieb er in sehr faszinierender Erinnerung. So war das.

Das sanfte Gegenstück einbalsamierender Worte taten mir in ihrer Einzigartigkeit sehr gut. Der Nachbar war der beste Zuhörer und Therapeut zugleich, den man sich wünschen konnte, streichelte sacht meine traurige

Seele und nahm mich in seinen Arm. Dafür werde ich ihm ewig dankbar sein. Was es sonst zwischen uns gab, blieb ungeklärt. Und keiner fragte danach.

An einem Donnerstag fand ich zwischen dem Werbemüll in der Post eine Karte über das schönste Ende der Welt. Eine Wintermärchenwelt. Die konnte nur einer geschickt haben. Ich rief ihn sofort an.

„Wohin geht denn die Reise?", fragte ich neugierig.

„Lass dich überraschen", antwortete er.

„Willst du nicht die grobe Richtung verraten?", bohrte ich weiter.

„Warte doch mal ab", sagte er wieder so schön, „wir treffen uns morgen Mittag am Parkplatz."

„Au fein", freute ich mich.

Die Märzsonne beschien zögernd das Bayernland. Widerstandslos ließ ich mich ans Weltende chauffieren. Hier durfte ich doch noch einmal einer von den sieben Zwergen inmitten hoher Berge sein. Endiger ging es nimmer. Über eine schmale Bergstraße landeten wir im Haus Sonneneck. Der Name machte sich selbst alle Ehre. Mit gemütlicher Kücheneckbank, samt rotweiß karierter Tischdecke und Blick auf die Berge vom Bett aus inklusive.

„Los, zieh dich warm an", sagte er um Mitternacht, „wir gehen Schlitten fahren."

Ein echter Anstifter. Wann war ich das letzte Mal Schlitten fahren, mitten in der Nacht auf einsamen Pisten? Ach war das Leben wunderbar einmalig. Und der Mond beleuchtete das nächtliche Schauspielvergnügen von allen Seiten, als wir kichernd im Schnee den Hügel hinunterkullerten und mit klatschnassen Klamotten den Schlitten hinter uns her zogen. So ausgelassen hatte ich ihn selten erlebt. Zwischenzeitlich klopften wir uns gegenseitig auf die Schultern.

„Du bist ein Mensch", sagte er dann.

Und wenn ich in uriger Hütte seit langem entspannt einschlafen durfte, obwohl die Gutenachtgeschichte längst nicht beendet war, fühlte sich das Menschsein unglaublich fabelhaft an.

Die Realität holte uns ein, wenn es am schönsten war, weil das Wochenende zu Ende ging und jeder für sich ins eigene Heim zurückfuhr. Dort wartete niemand sonst als diverse Geburtsanzeigen auf dem Briefkastenflur.

„Andere Mütter haben auch schöne Söhne," erinnerte ich mich leise. Nun bekamen noch mehr schöne Söhne der anderen Mütter schöne Kinder und die schönen Söhne wurden zu schönen Vätern und die anderen Mütter zu anderen Großmüttern. Derweil kehrte ich kinderlos vom Kinderrodeln heim. Scheiße. Die schönen Väter waren plötzlich mit neuen Dingen beschäftigt, nämlich ihr hübsches Baby still und trocken zu legen. Und leisteten Unerfahrenen wie mir, detaillierte Aufklärung über Geburten über oder unter Wasser, Stillmethoden, entzündete Brustnippel und welches Baby nachts wann kam und angelegt werden musste. Aha, soso, ist ja interessant, sagte ich dann, wenn es darum ging, dass man als Mutter zu rein gar nichts mehr kam und es unglaublich stressig war. Nicht mal zwei Minuten blieben einem am Tag für sich selber übrig. Ganze 24 Stunden nur für sich zu haben, war auch nicht der Hit, konnte ich euch sagen. Die gestressten Mütter erzählten von Bäuerchen und Fläschchen und welcher Maxi-Cosi Schaukelstuhl derzeit laut Stiftung Warentest mit sehr gut abschloss.

Und ich sollte schleunigst vorbeischauen, um den Wonneproppen anzugucken, weil er doch so schnell wuchs. Die Vorbeikommen endeten mit ohrenbetäubendem Geplärre, weil es dem kleinen Fratz wirklich wumpe war, dass ich zu Besuch war, und er schrie wie am Spieß. Tja.

Nach der Rückkehr aus schneebedecktem Schlaraffenland erfuhr ich eine weitere eindrucksvolle Neuigkeit. Der mitteilsame R4-Mann-Verräter schickte die Nachricht leise durch die Kabel: Moin Frauke, news aus Hameln, Hans ist wieder solo.

„Sieh an, sieh an", sagte ich hinter vorgehaltener Hand, „niemand entgeht seinem Schicksal."

Der übelste Anfall, den man überhaupt haben konnte, überfiel mich völlig unvorbereitet.

„Was ist los mit dir?", fragte der Nachbar zögerlich, „so kenne ich dich gar nicht?"

„Hab schlechte Laune", keifte ich scharf.

Das prämenstruelle Alldays-Allways-Ultra-Atmungsaktiv-Syndrom schlug offenbar heftig zu. Die weiblichen Hormone verursachen in vierwöchigen Abständen ein heilloses Durcheinander, geraten außer Kontrolle und drücken kräftig auf die Tränendrüsen. Periodisch wurde ich von Gelüsten überfallen, mit denen kein Mensch rechnet. Diese Tränenausbruchsattacken in Rührmichnichtanstimmung getränkt, ließen sich damit nicht erklären.

„Wie geht es eigentlich deiner Mutter?", fragte er in den Raum hinein.

Ich starrte vor mich hin.

„Hörst du mir überhaupt zu?", hakte er nach.

„Was?", fragte ich.

„Wie es deiner Mutter inzwischen geht?"

„Sie ist auf dem Wege der Genesung."

„Meinst du, sie schafft es?"

„Klar. Sie ist stark, wenn es darauf ankommt", garantierte ich.

Doch wie so oft kam alles anders.

Eine Mama ist eben eine Mama

Fünf Stunden später war sie tot.

„Das kann nicht sein", rief ich in den Hörer, „bitte nicht. Nein."

Ich rang nach Luft und hauchte etwas von irgendwie nach Hameln kommen und dass ich nicht wusste wie und wann, aber so schnell wie möglich. Ja, so schnell wie möglich.

Einen Moment stand ich da und zwang mich zu wiederholen, was mein Vater gesagt hatte. Mama war gestorben. Dass es jemals dazu kommen konnte.

Mit zittrigen Fingern griff ich zum Telefon, tippte mechanisch. Bevor das Klingelzeichen ertönte, legte ich den Hörer zurück auf die Gabel. Um ein Haar hätte ich Hans angerufen. Weil er jahrelang mein bester Freund gewesen war und beste Freunde holen einen sonntags früh morgens in solch einem Fall sicher sehr selbstverständlich vom Flughafen ab und drückten einen, solange man wollte.

Wie durch Watte wankte ich unter die eiskalte Dusche. Der Nachbar tupfte wortlos Tränen trocken.

Mama war zu Hause gestorben. Lag seelenruhig in ihrem Bett. Regungslos. Friedlich eingeschlafen. Mit Blumen geschmückt.

Sorgfältig schaute ich sie an. Noch nie habe ich einen Menschen so tot daliegen sehen. Mit verschränkten Armen setzte ich mich neben sie. Schauer liefen über meinen Rücken. Ich rührte mich nicht. Eigentümliche Stille. Totenstille.

Warum musste sie ausgerechnet jetzt gehen, wo wir gerade so etwas wie neu gewonnene Freunde wurden? Sie und ich. Und intensiver verbunden waren, als jemals. Ihre übertrieben mütterliche Zuneigung empfand ich oft lästig, aber ich wollte ihr noch sagen, dass ich es nicht so meinte, wenn ich sie zurückwies und unnötigerweise frech und bockig war. Gern hätte ich ihr etwas Liebes mit auf den Weg gegeben. Warum machte ich das verdammt noch mal nicht, als sie lebte? Trotzdem ich sie sehr liebte, konnte ich es ihr niemals sagen. Sie liebte mich sicher auch sehr und konnte es mir niemals sagen. Nun war es unkorrigierbar. Alles andere ist wichtiger, als sich wirklich Wichtiges zu sagen und den anderen wissen zu lassen, dass man ihn gern hat, so wie er ist. Ohne Wenn und ohne Aber. All die Jahre sorgte sie sich schrecklich, damit mir um Himmels Willen nichts zustieß im jugendlichen Leichtsinn und ausgeprägtem Unternehmungsdrang. Und ich? Ich hatte mich nicht bedankt für ihre Mühe. In den angedachten Vorwürfen wurde ich unterbrochen.

„Hast Du Hans Bescheid gesagt?", fragte mein Vater.

„Nein", sagte ich und wähle nun doch seine Nummer.

Wenig später umarmte er mich hastig. Wir standen da und betrachteten still die Würdelosigkeit toten Fleisches.

Nichtfamilienmitglieder und Dochfamilienmitglieder verweilten nebeneinander auf dem Sofa. Wie es ihnen wohl erging? Sie ließen sich nichts anmerken. Hans lümmelte auf seinem alten Platz, als hätte er ihn nie verlassen.

„Lass uns einen Spaziergang machen," sagte er.

Wir stapften durch Unterholz. Blätter raschelten und streckten sich klarer Sonntagsluft entgegen. Frühlingsanfang war heute. Einen Augenblick taten wir, als wäre nichts gewesen. Hass und Wut von Traurigkeit erstickt. Wir setzten uns auf eine Bank. Hans saß da und sah vor sich hin. Ich saß da und sah vor mich hin. Wie schön es an diesem Tag war, da zu sitzen und vor sich hinzusehen. Warum hing ich bloß so an dem Kerl? Für heute verzichtete ich auf den Anspruch einen klaren Kopf zu bewahren.

Die Bestattungsinstitutsdiskussion und das Geschäft mit dem Tod begann. Welche Anzeige? Welchen Sarg? Wer wollte was wie? Der Mann kam mir vor wie ein Versicherungsvertreter, der uns notfallmäßig unumgänglich ein praktisches all-in-one Rundumpaket verkaufen wollte. Sein angebotenes Sortiment gefiel mir nicht. Das wenige, was mir gefallen könnte, war definitiv zu kostspielig, um unter der Erde verbuddelt zu werden. Egal, wer dadrin lag. In dieser Kiste, die nichts anderem diente, als den Körper zu umranden, der vermoderte und sich dann in ein Skelett verwandelte. Hätte ich auch was dazu sagen dürfen, hätten wir mit handwerklicher Begabung selber eine Kiste gezimmert. Schlicht und ergreifend. Meine Schwester konnte so was einfach besser regeln.

„Sagen Sie mal, Herr Nüchtern", fragte sie den Institutsbevollmächtigten, „können Sie die hässliche Verzierung von dem Sarg da abschrauben? Die verschandelt das ganze Bild."

Ich kicherte in mich hinein, während mein Vater ein entsetztes „Petra" hervorstieß. Warnend, sodass sie vor dem Herrn bloß nicht noch mehr solche Sprüche abließe.

„Ist doch so", stimmte ich zu.

Die in Handarbeit zurechtgesägten Holzkringel ruinierten das matte Braun. Herr Nüchtern war sichtlich überfordert. Nichts gegen ihn. Er musste so sein. Schließlich war es für ihn reine Routine. Wir hingegen wurden das erste Mal mit diesen Dingen konfrontiert. In einem Augenblick, in dem einem nach nichts war und schon gar nicht nach Entscheidungen, die sich nie mehr rückgängig machen ließen.

Mama wurde in den Sarg ohne hässliche Verzierung gebettet. Noch einmal durften wir sie anschauen in ihrem auserwählten Kleid. Ausdrücklich hatte sie uns wissen lassen, dass es ihr nicht egal war, wie sie im Sarg aussah. Dann ging die Klappe zu, Schrauben rein und Mama mitgenommen.

„Tschüß, mach es gut", flüsterte ich mit dem dicksten Klumpen, der jemals im Halse stecken blieb. Gedankenverloren guckte ich ihr nach. Wohin ihre Reise jetzt wohl ging?

Ich legte mich ins Bett und dachte darüber nach. Über die vielen Möglichkeiten, was mit der Seele eines Verstorbenen passieren könnte. Vielleicht geht es ihr da oben tausendmal besser als hier unten, kein Grund also traurig zu sein. Vielleicht braucht sie gar keine Angst zu haben, weil es wirklich das Paradies ist, was auf sie wartet. Vielleicht schlüpft sie in einen anderen Körper hinein, womöglich in einen, der sie verleitet besonders aufregende Dinge zu unternehmen und weilt demnächst wieder unter uns. Vielleicht ist sie nur zufrieden, ihren Frieden haben zu dürfen. Vielleicht, vielleicht, vielleicht. Mit dem Tod umzugehen ist befremdend, stand man nicht fest hinter einer Glaubensrichtung und glaubte genau zu wissen, was danach kam. Aus religiöser Sicht erschien mir das ungreifbar. Meine Vermutungen dachte ich nur vage an, dachte sie nicht zu Ende und bezog keinen festen Standpunkt. Obwohl ich hochkatholisch erzogen wurde, hatte ich mit diesen Ansichten keinen Bund fürs Leben geschlossen.

Draußen regnete es Bindfäden. Mein Vater regelte Organisatorisches perfekt. Er tat alles, um alles zu tun. Selbst wenn er saß, rannte er rum. Wenn er still war, organisierte er.

„Bitte setzt dich", flehte ich.

„Nein, keine Zeit. Wir müssen ... - wir müssen ... - wir müssen uns um so viel kümmern", wiederholte er, „es gibt unglaublich viel zu räumen und zu erledigen."

Ich wollte nichts weiter als traurig sein und aus dem Fenster starren. Nichts räumen. Nichts erledigen.

Ehrlich gesagt war es mir egal, ob die in den nächsten Tagen anrückende Trauergesellschaft Milch im Kaffee hatte. Musste man immer tadellos funktionieren? An den leeren Platz musste ich mich gewöhnen. Das war das Einzige, was ich wirklich musste.

„Wie wäre es, wenn wir eine Abmachung treffen und mindestens bis zur Beerdigung nichts mehr müssen. Sondern nur das tun, was wir wirklich wollen", hatte meine Schwester die tolle Idee.

Unwillig schlug mein Vater ein, Hauptsache wir kümmerten uns jetzt endlich um die Dinge, die eben doch sein mussten. Wir Mädels, wie er uns nannte, wenn er nicht mehr weiter wusste, sollten bei der Gärtnerei den Sargschmuck aussuchen.

„Das liegt euch doch", sagte er, „so seid ihr wenigstens mit einer sinnvollen Aufgabe beschäftigt."

Ich wollte nicht sinnvoll beschäftigt werden. Ich war längst sinnvoll beschäftigt. Innerlich. Nur interessierte das niemanden und ich drückte ein Auge zu, denn Blumen aussuchen war wirklich ein ehrenvoller Auftrag. Die Blumenfachverkäuferin kramte unzeitmäßige Gesteckkombinationen auf verknüddelten Fotos unter ihrem Tresen hervor. Arrangements voller Trauergekränzel, die seither so aussahen, wie sie eben aussahen, weil sie so hervorragend dem Standard entsprachen.

„Hören Sie mal", erklärte ich freundlich, „wir möchten etwas angemessen Stilgerechtes und nicht noch extratotes Goldsilberfirlefanzfransengebamsel."

Eine Marktlücke. Individuell geschmackvolle Beerdigungsgestaltung. Sind die Menschen überhaupt nicht mehr kreativ? Am Ende kam ein wunderschöner Sarg-schmuck mit Mamas Lieblingsblumen zum Vorschein. Ganz in Weiß, ganz edel. Und gelbe Rosen, kunstvoll befestigt.

Im Haus herrschte Unruhe. Es läuteten Menschen, deren Gesichter mir fremd waren und deren Hände ich schütteln sollte.

„Herzliches Beileid", sagten die Fremden.

Bedeutete das mit dem Herz beileiden? Ob sie das so meinten, wie sie sagten? Von manch einem hörte sich das recht geheuchelt an. Eine ehrliche Umarmung wäre mir lieber gewesen. So einen, der einen richtig festhielt. Für einen Moment wenigstens. Dem man hemmungslos auf die Schulter schnäuzen durfte. Besser aber man sag-te was, um etwas zu sagen, weil man das eben so sagte. Selbst hier ordnete man sich in die Reihe der un-durchbrechbaren Ungeschriebenheiten ein, statt sich re-gelübertretend angemessen zu entfalten. Die Mensch-lichkeit ging verloren und der Mensch war verloren, weil man sich nur unterordnete, nicht so sein durfte, wie es sich anfühlte, und emotional verarmte. Gefühlsverelen-digung. War wohl nicht angebracht sich ausgerechnet hier und jetzt über die Eingefahrenheit der Menschheit aufzuregen. In Hinsicht der Verpflichtung zu Höflich-keit hielt ich still, aber schüttelte für heute keine Hände mehr. Ich schlich ins Kinderzimmer und verkroch mich mit Wärmflasche im Arm.

Bis mich einer runterrief, ich sollte den Mantel über-ziehen. Wir gingen den Grabplatz aussuchen. Ganz im Ernst, alles eine finanzielle Frage. Das System kapierte ich beim besten Willen nicht. Zugegeben war ich ziem-lich durcheinander. Kaufte man für den noch lebenden

Ehepartner gleich ein Plätzchen nebenan, war es im ersten Moment zwar unheimlich lohnenswert preiswerter. Starb er nicht rechtzeitig, wurde es hinterher umso teurer. Wo steckte da die Gebührenordnungslogik? Dazu kostete es ein Heidengeld einen Grabstein anzulegen, weil ein Grabsteinkontrolleur damit beauftragt wurde zu kontrollieren, dass dieser nicht eines Tages unkontrolliert versackte. Also wenn das mit rechten Dingen zuging. Gern hätte ich den Oberaufseherbeamten in seinem überwachenden Rathhausgebäude um ein persönliches Gespräch gebeten, um ihn zu fragen, wie er denn auf den Millimeter haargenau errechnet und festgelegt hatte, dass Mama so viel Platz bekam und kein bisschen mehr.

Selbst wenn man tot ist, muss man sich von deutschen Vorschriften einengen lassen. Sind ja richtig tolle Aussichten. In fernen Ländern werden die Gräber nach Herzenslust kunterbunt, krumm und schief verstreut angelegt. Da regt sich keiner auf und es kostet gar nichts. Ich sagte zu allem ja und Amen, nicht dass ich am Ende die Verantwortung trug für gekaufte Stätten, die keiner haben wollte.

Ein bisschen neugierig stöberten wir in den Schränken rum und wunderten uns über die Sorgfalt unserer Mutter. Döschen, Tübchen, Cremchen und lauter Sammelsurium. Selbst zerrissene Feinstrumpfhosen schlummerten farblich sortiert in Tüten verpackt und beschriftet mit: „Loch vorne rechts", ordentlich eingeräumt in der Schublade. Wir platzten fast vor Lachen. Galgenhumor sollte man nirgends und niemals verlieren. Lachen und heulen gleichzeitig in seltsamsten Stunden rettete man-

che Situation. Wunderbar war es in ihren Werken rum-
zukruschen und zwischen kaputten Socken ein paar ros-
tige Märker für Notfallzigaretten zu finden. Sie wusste
genau, dass sie zu diesem Zeitpunkt gehen würde, hatte
alles ordentlich hinterlassen, an alles gedacht. Selbst ein
hochgeheiligter Nusskuchen lag in der Kuchendose.
Selbstgebacken. Wir genossen jeden Bissen. Den Geschmack wird keiner von uns jemals vergessen. Unser
Vater schenkte uns einen verstaubten Koffer aus seinem
Keller. Einen Schatzkoffer aus altem Leder mit quietschenden Scharnieren. Dort hinterlegten wir, was wichtig für sie war. Eines Nachts werden wir uns damit unterm Sternenhimmel bei Vollmond treffen (da konnte
Mama eh nie schlafen), ziehen ihre weißen Handschuhe
an, setzen die verknickten Hüte auf, zünden aufgehobe-
ne Kerzenstummel an und rauchen die vertrockneten
Zigaretten. Selber wäre sie gern dabei gewesen, für was
Abenteuerliches war sie immer zu haben. Als kleinen
Vorgeschmack trafen wir uns in ihren ausgewaschenen
Spitzennachthemden schwesterlich verbündet und flüs-
ternd unter der Bettdecke und amüsierten uns über die
Ausbeute der hinterlassenen großen Kleinigkeiten.

Der wertvollste aller Friseure färbte wie jedes Mal den
Haaransatz strohblond, schnippelte, schaumierte,
kämmte, fönte. Als er fertig war, blieb ich auf dem
Drehstuhl hocken und guckte in den Spiegel. Er hielt
einen weiteren Spiegel so, dass ich mich von hinten betrachten konnte:
    „Gefällt es dir nicht?", fragte er.
    „Nein."
    „Warum nicht?"

„Fühlt sich so künstlich blond gefärbt ab."

„Bist du ja auch", bestätigte er.

„Kannst du nicht vielleicht jetzt gleich und hier einen natürlichen Braunschopf aus mir machen?", fragte ich entschieden.

„Dann wollen wir mal sehen", sagte er. In aller Ruhe hielt er Farbnuancen der Kunsthaarsträhnen auf Papppaletten vor meine Stirn.

„Wie wäre es für den Anfang mit mahagoni?", meinte er, „das kommt deiner natürlichen Farbe sehr nah."

Der Mann war unbezahlbar. Einfühlsame Friseure sind etwas ganz Feines. Ohne zu murren fing er mit der Arbeit noch einmal von vorne an und blond war vorbei.

Ich freute mich auf Andrea. Bei ihr musste ich keine Haltung bewahren und auch nicht mal so tun als ob. Am Abend reiste sie 700 km mit dem Zug durch das Land, weil Mama am anderen Tag beerdigt wurde. Aus praktischen Gründen holte Hans sie vom Bahnhof ab. Aus noch praktischeren Gründen übernachtete sie auch gleich bei ihm. Aus den praktischsten Gründen überhaupt in meiner alten Betthälfte. Die Freude war verschwunden.

Regen tröpfelte auf das Dachfenster. Hellwach schlich ich nach unten. Dem Anlass entsprechend der außerordentlichen Bedeutung einer Begräbnisfeier hüllte ich mich in ein schwarzes Kleid.

„In schwierigen Situationen ist es wichtig, was man anhat und vor allem, dass man sich darin wohl fühlt", sagte Mama. Gut gekleidet untergehen. Schließlich war das Ende unseres Lebens - neben der Geburt - das wichtigste Ereignis unseres Daseins.

Zu Fuß gingen wir zum Friedhof. Der ganze Tag war verschwommen. Ich wollte nicht sprechen. Mit niemandem. Kein Wort zu irgendwem. Nichts hören. Außer den Kirchenglocken, deren Gongschläge einzeln im Magen verstummten. Die kleine Kapelle war voller Menschen. In der ersten Reihe nahmen wir Platz.

Links neben mir mein Vater, dem ich das erste Mal im Leben seine Hand hielt. Rechts neben mir Hans, dessen Hand ich nicht berühren durfte. Vor mir meine Mutter, deren Hand ich nie wieder sehen würde. Eine merkwürdige Beunruhigung auf jener Kirchenbank zu sitzen, eingezäunt von jenen Wesen. Nah beieinander, meilenweit voneinander entfernt. Mir wurde schwarz vor Augen, als ich die Verbindungslinien im Geiste verfolgte. Von Kopf bis Fuß hart wie Stahl, alle Muskeln angespannt bis in den kleinen Zeh hinein. Sonst war ich leer und wusste überhaupt nicht, wie ich mich fühlte. Orgelklänge weckten mich aus der Versteinerung.

„Herr, deine Liebe ist wie Gras und Ufer, wie Wind und Weite und wie ein Zuhaus...," sang ich, so laut ich konnte. Und atmete wieder.

Dann wurde weiter gesungen und gebetet. Ich wusste nicht mehr in welcher Reihenfolge. Der Pastor begrüßte die Anwesenden und redete davon, dass man das Leben eines Menschen nach den Daten der äußeren Ereignisse, die den Zeitraum zwischen Geburt und Tod gefüllt haben betrachten kann und man kann fragen, wann und wo er in welcher Familie geboren ist, was er gelernt hat, welchen Beruf er gewählt hat, welchen Partner schließlich geheiratet? Wann wurden - wenn es sie gibt - die Kinder geboren? An welchen Orten hat er überall gelebt und gearbeitet? Dann kann man fragen nach seinen Verdiensten, nach all dem, was sein Leben für sich und andere im privaten wie im beruflichen Bereich wertvoll gemacht hat. Man kann fragen nach seinen Fähigkeiten und Begabungen, seinen Hobbys und seinen besonderen Vorlieben. Und schließlich kann man ein menschliches Leben betrachten nach den unsichtbaren Dingen, den Herzensdingen. Den Dingen des Glaubens und des Vertrauens, den innersten Freuden und Leiden, den Dingen der Seele, den erfüllten und unerfüllten Sehnsüchten. All dem also, was letztlich das Wichtigste für diesen Menschen war, was ihn unmittelbar anging und in seinem Lebensgefühl und Lebenssinn bewegt und beeinflusst, ja, was ihn ausgemacht hat und ihm einen unverwechselbaren Charakter gab. Und wer ein Leben daraufhin ansieht, der wird durch die äußeren Dinge und Ereignisse hindurch immer auch dies Unsichtbare entdecken, zumindest erspüren. Und dass Menschen geprägt sind von Rastlosigkeit und tiefen Sehnsüchten auf ihren Suchen. Und er fragte sich und uns: Wo gehe ich hin, wo komme ich her? Wer bin ich überhaupt und was bin ich? Und wer liebt mich durch alle Unwägbarkeiten meines Lebens hindurch? Durch alles Erfüllte und Unerfüllte, alles Auf und Ab, alles Gelungene und Misslungene? Wer gibt mir Wert einfach so, wie ich bin? Und dass jeder Mansch sich diese Fragen beantworten muss. Dem einen sind sie bewusster, dem anderen weniger. Dem einen wird ganz viel von dem inneren Frieden, nach dem wir uns alle zeitlebens strecken, schon von Anfang an mit in die Wiege gelegt und andere müssen ihn sich erkämpfen, erbitten, erflehen, oft auch erleiden. Er erzählte von Mamas Frieden, den sie nur sehr schwer und sehr kurz gefunden hat.

Dann sollten wir getrost Abschied nehmen, weil Gott sich um sie und den Rest kümmern würde.

Ich bewunderte den Pastor, dass er das alles so genau wusste und beneidete ihn um seine Klarheit.

Ein hübsches Mädchen sang Ave-Maria. Es war vorbei mit meiner Fassung. Ich musste mich festhalten. Endlich wurden die Türen geöffnet und wir durften raus. Ich spürte Wind im Haar. Bemützte Friedhofsmänner schoben Mama auf einem Holzkarren um die Ecke. Sie trugen sie nicht mal würdig auf mannesstarken Schultern zum Grabe. Dabei war doch schon alles so teuer. Die Männer ließen Mama mit eiserner Miene in die geschaufelte Leere sinken. Sie verschwand im Erdloch und war für immer weg. Das konnte doch nicht sein. Und keiner sagte etwas. Grabesstille.

Einen Schritt trat ich vor und warf Blumen auf die Holzkiste. Klang hohl und dumpf. Ich fühlte mich schrecklich verloren. Zu wem gehörte ich denn? Wer liebte mich durch gerade diese Unwägbarkeit meines Lebens hindurch? Ich wollte weg von hier. Der Himmel war grau, aber es regnete nicht. Ein Stück Blau war zu erkennen. Die Sonne quälte sich durch die Wolkendecke und schien mir ins Gesicht.

„ ... der Sonne entgegen, Frauki", hatte Lenz gesagt.

Auf den Himmel ist Verlass. Auf Mütter ist Verlass. Mütter im Himmel passen doppelt auf. Ich verspürte den Drang ein bestätigendes Lächeln nach oben zu schicken.

Es gab Zuckerkuchen auf großen Blechen. Zum Leichenschmaus liessen wir uns in Mamas Küche nieder. Die veralteten Methoden konnten bleiben wo sie waren. Nach der Aufregung brauchte ich was prickelndes und klaute davon flaschenweise aus dem abgezählten Hausbarkeller. Die Küche war, ist und bleibt der gemütlichste Platz im Haus. Mit verstimmter Gitarre in schiefer Tonlage sangen wir bei Kerzenschein die Kirchenlieder von vorhin und spazierten nach Mitternacht noch einmal auf den Friedhof. Das Gatter machte unheimliche Geräusche. Ansonsten war es hier nicht unheimlich in der Dunkelheit.

Außerhalb

Es war Ostern. Ohne Eier. Ohne Häschen. Gewöhnlicherweise wurden Feiertage von erster bis letzter Minute ausgenutzt. Tasche gepackt und auf und davon. In lebhafteren Zeiten als diesen. In denen ich alles machte, wovon ich träumte.

An jener Folge befreiter Arbeitstage waren dynamische Antriebskräfte in Körper, Geist und Seele urplötzlich verschwunden. Vorbei war es mit ausflugreicher Traumerfüllung. Alles stand Kopf. Ich wollte nirgends hin. Die Krise holte mich tatsächlich ein. Man musste nur lang genug warten, dann kam sie von selbst und schon steckte man mitten drin.

Kummer hinunterschlucken? Augen zukneifen? Zähne zusammenbeißen? Wozu? Für wen? Vom Durchbeißen kriegt man ein verbissenes Gesicht.

Beruflich war alles Mist. Privat war alles Mist. Mein Selbstbewusstsein demoliert und das gesamte Weltbild zerstört. Ich befürchtete die Entzweiung meiner selbst.

Dennoch traf ich die unsortierte Männerwelt. Ich lernte den Unterschied zwischen küssen wollen und küssen können. Ein bisschen Oberflächlichkeit hin und wieder tat auch gut und nach ein paar Stunden wurde dieses Programm dann eben wieder ausgeknipst. Dann wollte ich lieber nach Hause. Gewisse Leute sah man plötzlich nicht mehr. Solche Begegnungen wurden weniger, weil sie zu viel abverlangten und ich sie nicht ertragen konnte. Diese Partyfratzen an hohen Stehtischen mit Proseccogläsern in der Hand und Smalltalkgelaber über neueste Medien und digital und Microsoft und Börsenkurse und Gewinner und Verlierer und dass man als Nichtinteressant all dessen keine Lebensberechtigung mehr auf diesem Planeten hatte. Ich konnte an den Themen mal wieder nichts finden. Es gab vieles, was mich nicht interessierte, wofür man sich interessieren musste. In der Heileweltszene präsentierte man sich von seiner   Ach-was-geht-es-mir-prima-und-bin-ich-gut-drauf-Seite, weil man ja schließlich hier war, um Spaß zu haben. Alles cool, alles super.

Der Frühling war ziemlich schön, aber das interessierte mich auch nicht. Es war mir egal, ob die Jahreszeit für Verliebte mit frischen Düften anrückte und die Aufforderung erteilte alles und jeden zum Leben zu erwecken. Das Leben lag fern und unfindbar in der untergegangenen Draußenwelt und sollte mir besser nicht zu nahe kommen. Ich wollte keine zwitschernden Vögel, sprießende Blumen und erst recht keinen blauen Himmel ohne Wolken davor. Dem Wettervorhersager, der mit übertriebenen Frühlingsglücksgefühlen die Sonne täglich ankündigte, mochte ich am liebsten eine reinhauen, damit er die Klappe hielt. In der Zeit, in der man total traurig ist, so richtig traurig meine ich, in der Zeit ist man froh, wenn es regnet.

Teilnahmslos verfiel ich in einen Dämmerzustand, zwischen Wahn und Wirklichkeit schwankend, in mich versunken, ohne Anschluss an die Umgebung. Ich wollte auch nicht, dass mich jemand so sah. Es gab Zeiten im Leben, die schlugen alle Rekorde. Der Zustand dauerte an. Es vergingen Jahre bis ich wieder hervor kam.

Was sollte aus mir werden? Diese Frage verwirrte mich stets aufs Neue. Ich qualmte mich mit Nikotin voll bis es zu den Ohren wieder rauskam und fragte viel zu selten, warum ich mir diesen Blödsinn antat. Hinter verqualmter Nebelwand ließ es sich verstecken. In Kombination mit dem richtigen alkoholischen Pegel war es möglich den Bewusstseinszustand zu beeinflussen und tagelang nicht nüchtern zu werden. Vom edlen Rotwein trank ich gerade so viel, bis ich hinter den Tränen müde wurde und nichts mehr spüren musste von diesen entsetzlichen Schmerzen. Bis es kein Innen und ein Außen mehr gab und es im Bauch mollig warm wurde. In den hintersten Bettwinkel verkroch ich mich und guckte den Zimmerhimmel an. Wenn das Leuchten der Neonsterne verblasste, grub ich das Gesicht ins Kissen und zog die Bettdecke über den Kopf. Im Schlaf machte ich wenigstens keine Dummheiten und hielt die Augen verschlossen vor der penetranten Wahrheit. Doch wollte die dunkle Nacht nicht enden. Alle zehn Minuten auf die Digitalanzeige des Weckers starren. Licht an. Licht aus. Aufstehen. Hinlegen. Was machte man mit so viel Zeit, bis man wahnsinnig wurde? In der Zeit zwischen gestern und morgen. Dann fragte ich mich, warum es mir so ging, wie es mir ging. Drei Uhr, halb vier, vier, halb fünf. Ich hielt´s nicht aus. Am anderen Morgen war der Kopf doppelt so groß und dreimal so schwer.

Man soll ja allem etwas Positives abgewinnen und wusste nie, wofür es gut ist.

Diejenigen, die alles unter Dach und Fach hatten und ihrem programmierten Leben in geordneten Verhältnissen nachgingen, redeten großkotzig auf mich ein, dass ich langsam ja mal dies, das und jenes müsste und mir doch jetzt sämtliche Möglichkeiten offen standen. Sie taten fast, als seien sie neidisch auf diese sämtlichen Möglichkeiten. Das kam euch nur so vor. Bitte, ihr könnt gern welche abhaben, doch ihr wollt sie ja gar nicht. Ehrlich gesagt hatte ich mir das auch toller vorgestellt. Jeder liebt, was er nicht hat. In purer Freiheit verliert man seine Wurzeln und den Verstand. Der Mensch braucht Grenzen.

Meine ganze Lebensplanung geriet aus den Fugen. Ich wartete auf den richtigen Moment, mich alternativ ablenkend in Karrierearbeit zu stürzen. Der Moment kam nicht. Frau und Mutter einer kunterbunten Hottentottenfamilie wollte ich sein. Längst sah ich sie vor mir unsere geliebte Kinderschar. Anna, Lena, Paula und Ole, der sollte nicht fehlen. Die Namen dachten wir uns zusammen aus. Da waren wir uns sehr einig. Wie erfrischend es sein musste, nackte Kinderspeckfüße unterm eigenen Frühstückstisch baumeln zu haben. Irgendwie wurde daraus nichts, weil die Familienplanung andauernd verschoben wurde.

„Auf dem Ohr bin ich taub", sagte Hans, „Kinder kosten Geld und ich kann nicht mehr ein Bier trinken gehen, wann ich will. Zu derartigen Kompromissen bin ich derzeit nicht bereit."

Die heimliche Hoffnung, alles würde sich zum Besten wenden, verblendete mich jahrelang durch eigene Verharmlosung des Aspektes, weil Bier und Kinder so viel gemeinsam haben. Beides macht müde und verzaubert in fantasievolle Welten.

Schimmerte wohl großer Neid durch auf familienfreundliches Gartenzwergleben im Reihenhaus. Mit steifem Brokkoli im gradlinig gehackten Beet vorm frisch geputzten Küchenfenster. So wusste man, was man hatte und musste sich keine Gedanken seiner selbst machen.

Keine Kinder. Keine Karriere. Kein Haus. Kein Pferd. Kein Mann. Jeder ist ja seines Glückes Schmied. Und vor lauter Glück in der Schmiede darf man sehr großzügig extradoppelt Strafe in die höchste Singlesteuerklasse einzahlen und die unterstützen, die man Familie nennt, die andauernd ein Schlupfloch finden und alles irgendwie absetzen können.

Ich war 30. Ich hatte ein Auto und eine Wohnung. Ich hatte zu viel Zeit zum Nachdenken über die Sinnhaftigkeit des ganzen Treibens. Das war alles ziemlich deprimierend.

Früher wusste ich genau, was ich wollte. Jetzt wusste ich das nicht mehr so haargenau. Neu. Anders. Neu. Anders. Neuer Anfang. Neuanfang. Wieder ging es um meine Zukunft. Dies oder das oder jenes oder oder oder. Zig Oder versperrten einem den eigenen Weg.

Das Wohlbefinden hängt nun mal von anderen ab. Weil es mich in aller Ernsthaftigkeit interessierte, wie die geplanten Dach und Fachler, die ihre Schäfchen im Trockenen glaubten, es hinkriegten, dass sie so glücklich wirkten, fragte ich sie danach. Offenbar war mir diesbezüglich etwas Großartiges entgangen. Doch konnten sie nicht ihr eigenes Selbst verbal in Worte fassen und wollten es auch nicht versuchen. Ein strenges Tabu. Sie hatten all die heiteren Dinge, mit denen sie sich beschäftigen konnten. Kam man nämlich erst mal dahinter, was man alles nicht weiss, wurde einem ganz schlecht. Da war es der Einfachheit halber besser, gar nicht erst dahinter zu kommen, dann musste einem auch nicht schlecht werden. Über uns selber wissen wir am allerwenigsten. Und das Wenige ist widersprüchlich. Ich war mir ja nie sicher über mich selbst, über diese ständigen Wechsel von auf und ab. Ob ich ein guter Mensch war? Oder wir wissen doch was, reden aber nicht darüber, weil es unsere geheimsten Geheimnisse verraten würde. Vor lauter geheimnisreicher Geheimnistuerei ist es so geheimnisvoll, was man geheim hält, dass man selber nicht mehr weiss, was sich im Geheimfach versteckt und wo der Schlüssel dazu geheim vergraben liegt. Doppelt gemoppelt ist es umso geheimnisvoller. Das eigene Dasein zu betrachten, machte es erst richtig kompliziert. Ach je. Da sollte man sich mal eben selber finden und wusste nicht, hinter welcher Ecke man sich versteckt hielt.

Die Ungeduld wusste dafür umso genauer, hinter welcher Ecke sie sich versteckt hielt und fing an mich zu nerven. Angriff ist die beste Verteidigung. Die Geduld schlummert fest in den Zehenspitzen und lässt sich

manchmal wach kitzeln. Fußmassagen mit Pfefferminz-
lotion wirken anregend und wiederbelebend. Wahrhaftig
verlässt sie ihre füßelnde Warteposition, spaziert gemüt-
lich die Beine empor, durchschlängelte zielorientiert
matschiges Innenleben des Bauches, haut dem grübeln-
den Kopf eine rein, erteilt nervösen Gedankensprüngen
einen kräftigen Tritt in den Hintern und landet genuss-
voll im Herzen. Gegen den muskulösen Kampfgegner
namens Angst hat die Geduld äußerst selten eine Chance. Sie erleidet diverse Niederschläge und bleibt k.o. am
Boden liegen. Die Angst hat ihre eigenen Regeln, die
nicht zu durchblicken sind. Wenn man am wenigsten
mit ihr rechnet, schleicht sie sich tückisch aus dem Hin-
terhalt an und schlägt unter die unerlaubte Gürtellinie.
Vorher erklärt sie hämmernde Gedanken zu ihrem Ver-
bündeten. Die Angst verloren zu haben, die Angst vor
Veränderungen, die Angst vor sich selber, die Angst vor
der Unfähigkeit jemals wieder glücklich zu sein, die
Angst die Kurve nicht zu kriegen, allein zu sein und zu
bleiben. Angst, die blockiert. So ist alles dahin mit der
Geduld und man kann noch mal von vorne anfangen
die Füße zu massieren, in der Hoffnung einen besseren
Zeitpunkt zu erwischen, um die Angst im Schlaf zu ü-
berlisten. Nach etlichen gescheiterten Versuchen lässt
die Motivation geschwächt nach und man kann sich
glücklich schätzen diesmal nur mit einem blauen Auge
davongekommen zu sein. Die Abstände des neuen Auf-
rappelns werden länger. Es hilft nur den passenden
Moment abzuwarten, blitzschnell zu reagieren, um sie
zu besiegen. Angst hat man nur, wenn man glaubt aus
der Bahn geraten zu sein.

Weil das so viele neue Gefühle auf einem Haufen waren, die einer aushalten und verbergen sollte, fragte ich, ob andere Leute auch solche Erfahrungen gemacht hatten. Und keiner sprach darüber. Sowieso sagen die wenigsten selten, was sie meinen. Und selten meint man, was man sagt. Vieles, was man denkt, kann man nicht sagen, obwohl man es sagen will, sagt man es nicht, weil es sich nicht in sterile Worte formulieren lässt. Man braucht sozusagen einen pfiffigen Dolmetscher, der die Gedanken von einem zum anderen trägt, ohne sie in hochkompliziertes Geschwafel zu verpacken. Einer eben, der sprachlich keine Umwege macht und die Feinheiten nicht außer Acht lässt. Den wird es wohl nie geben. Diesen Dolmetscher. So herrscht im Hirn ein fließendes Chaos. In meinem zumindest. Das war auch das Einzige, von dem ich berichten konnte.

Home sweet Home

Eine Zufälligkeit führte dazu, die dringende Notwendigkeit zu erkennen, die 28 Quadratmeterbehausung mit Kochgelegenheit im Flur und Wohn-schlaf-ess-alles-in-einem-Raum zu verlassen. Die Wände kamen mir täglich entgegen.

In der Hoffnung niemandem zu begegnen, schlurfte ich das Treppenhaus hinauf. Offen stehende Türen saugen mich magisch an. Ich lugte durch den Spalt leer geräumter Zimmer. Recht reizvoll. Kurze Rede, langer Sinn. Die Dame zog aus und ich zog ein. Nur die Möbel von oben nach unten tragen. Der größte Glücksfall überhaupt.

Die alte Wohnung brauchte einen Nachmieter. Der erste Anrufer, der sich auf die Anzeige meldete, war ein netter Herr.

„Ist die Wohnung noch zu haben?", fragte er.

„Ja", sagte ich.

„Dann komme ich heute Abend vorbei, wenn es Ihnen Recht ist", sagte er.

„Ist mir durchaus Recht", sage ich, „wie ist Ihr Name?"

„Ich heiße Hans Sowieso!"

„Sie hören sich nicht an, als seien Sie echter Münchner?", fragte ich rein interessehalber.

„Ich bin echter Niedersachse."

„Ach, woher kommen Sie denn?", konnte ich es mal wieder nicht lassen.

Er sagte: „Kennen Sie eh nicht, Kleinstadt bei Hannover. Hameln, wenn Ihnen das was sagt."

Und ob mir das was sagte. Ein dahergelaufener Hans aus Hameln wollte in meine alte Wohnung über mir ziehen. Das war wohl ein Witz. Ein ziemlich schlechter. Im unhöflichsten Tonfall dieser Welt entgegnete ich:

„Och wissen Sie, ich glaube Sie suchen sich lieber etwas anderes. Diese Wohnung ist jedenfalls ganz plötzlich schon vergeben. Und schönen Tag noch."

Nee, also der hatte echt Pech gehabt.

Der alte und der neue Vermieter war ein und derselbe und er ließ das neue Heim fein renovieren. Inklusive Parkett im einen und Teppichboden im anderen Zimmer.

„Welche Farbe hat denn der Teppich?", wagte ich zu fragen.

„Beige natürlich. Das ist Standard!", wagte er zu antworten.

Ausgerechnet. Ich hasste beige. Und ich hasste Standard. Meine charmanten Überredungskünste, ob wir uns nicht auf eine andere Farbe einigen könnten, ausnahmsweise einmal unstandardgemäß und bitte alles, aber nicht beige, beeindruckten den sturen Bayern sehr wenig. Er ließ kein bisschen mit sich handeln, schon gar nicht mit zugereisten Preußen, ob nun mit oder ohne Charme und wenn ich die Wohnung nicht wollte, wurde er sie locker an jemand anderen los. Dann holte er Luft und wartete auf meine verschüchterte Antwort.

„Ja. Nee. Schon klar. Sie haben völlig Recht. Beige ist wirklich eine hervorragende Farbe, so frisch und aufheiternd und ganz nach meinem Geschmack. Toll ausgesucht. Wirklich Klasse."

Das sagte ich natürlich nicht. Und dachte nicht mal darüber nach. Wenn er es nicht anders wollte, versuchte ich es eben auf die mitleidige Tour. Die wirkte meistens.

„Mit standardisiertem Beige unter den Füßen habe ich spätestens nach zwei Wochen Depressionen. Wollen Sie das verantworten?"

Wollte er nicht. Kulant wie er ja war, wenn er wollte, wurde ein Teppich in der Farbe verlegt, die ich selbst aussuchen durfte und die keinen Pfennig mehr kostete. Dass ich unabhängig von Teppichfarben nervlich längst am Ende war, verriet ich ihm nicht.

Beim gründlichen Wohnungsausmisten stieß ich unumgänglich auf allerlei Sammelsurium.

„Ordnung ist das halbe Leben, Kind", sagte Mama immer.

Da blieb nicht viel übrig, wenn die Hälfte mit Aufräumen verplant war. Die andere Hälfte verschlief und verarbeitete man. Das soll´s gewesen sein?

Unterm Schrank kamen verstaubte Photos des Ex mit allerschönstem Lachmund auf Postergröße zum Vorschein. Wohin denn bloß damit? Schnell kochte ich mir was Heißes und ließ mich auf´s Sofa fallen. Fast hatte ich vergessen, wie Tränen brannten, wenn sie über die Wangen Richtung Kinn flossen, um tröpfchenweise runterzupurzeln. Ich weinte in die Tasse, bis der Tee salzig schmeckte. Gibt ja so Abende. Dezenter Rückfall. Die unermesslichen Tränen, dessen Vorrat doch endlich erschöpft sein musste. Unterdessen machte Aldi ein unerwartetes Papiertaschentuchnonamegeschäft im günstigen Hunderterpack, welche bei zu langem und zu häufigem Gebrauch nicht dermatologisch hautgetestet wurden, denn sie verloren an softiger Wirkung und die Stelle unterm Nasenansatz wurde rot und porös.

Apathisch rief ich den an, der was dazu beigetragen hatte, weil ich nicht einsah, warum ich schon wieder alleine heulen musste. Sollte er wissen, wie es war. Er nahm den Hörer ab und das kurze, knappe „Ja" mit der erotischen Stimme erklang wie Beethovens Violinenromanze in F-Dur in meinem Ohr. So sanft, so herrlich. In dem gewohnten Klang blieb ich hängen und brachte keinen Ton raus.

„Hallo", wiederholte die Stimme.

„Ja hallo", zögerte ich, „ich bin es".

Was ich denn wollte, fragte die geliebte Stimme. Ja, was wollte ich eigentlich?

„Ich will dir schnell bloß sagen", stammelte ich und erklärte die Misere der aufgetanen Photos, obwohl es ihn nicht interessierte. Und sowieso musste er jetzt leider auflegen, weil er viel zu spät dran war und grad auf dem Sprung. Wahrscheinlich eine seiner unwiderstehlichen Damen treffen, die ihm tolle Sachen sagten, keine Fragen stellten, so ganz problemlos zu handhaben waren und mit denen er nichts anderes als unglaublich viel Spaß haben konnte.

Aufgelegt.

Nein, nicht schon wieder. Genug geweint. Die Teebeutel von vorhin drapierte ich auf die angeschwollene Augen, weil Kamille pulsierende Adern beruhigt. Draußen stürmte es. Die Welt wollte untergehen. April, April der macht, was er will. Ich verzog mich in die Sauna und hockte zwischen nackten Gestalten auf der Holzbank. Gemütliches Schwitzbeisammensein. Pünktlich zur vollen Stunde spendierte der Aufgusswärter frische eukalyptische Dämpfe und verteilte diese mit luftzirkulierendem Handtuchwedeln. Allerhand was aus den Poren gekrochen kam. Momentbereinigend.

Eine Spedition brachte die Möbel aus der norddeutschen Garage und freundliche Umzugshelfer waren pausenlos im Einsatz. Handwerklich unschlagbar. Sie bauten einen Holztisch mit den schrägsten Latten, die wir finden konnten. Es wurde zum außerordentlichen Vergnügen mit den Alleskönnern fachmännisch auf Erkundungsreise durch den Baumarkt zu schlendern. Was man da alles kaufen konnte. Hier und da klauten wir ein paar Schrauben, weil die abgepackten Verpackungsmengen im Praktikerbaumarktformat unpraktisch waren und, das sollte ich mir merken, regelmäßig eine weniger drin war als drauf stand. Sie wussten, wie man vorsorgt und sich zusätzliche Arbeit erspart.

Jedes Zimmer richtete ich möglichst hell ein. Licht ist wichtig. Im Wohnzimmer pinselten wir alles gelb über, was an Einrichtungsgegenständen dazu in Frage kam. Gelb tut gut. Und der schräge Lattentisch war der

Mittelpunkt, an dem man dazusitzen konnte, um da zu sitzen. Gemütlichkeit entspannt. Ohne Hintergrund auf meinen Zustand bekam das Schlafgemach die ehrenvolle Grundfarbe blau. Vom Bett aus hatte ich einen wunderbaren Ausblick ins Grüne, weil das Fenster sich weit öffnen ließ und ein gut belaubter Baum davor stand. Damit auch die Küche in ihrer Kleinheit fensterlos leuchtete, verdiente sie einen strahlend orangefarbenen Anstrich. Im Regal standen Flaschen mit Möhrensaft, dessen Farbe erfrischend wirkte und gut zu den Wänden passte. Das Leben war trotz allem bunt.

Vom ersten Tag an fühlte ich mich im neuen Reich pudelwohl. Die Sonne kroch hervor und zeitweise tat sie nicht mehr so weh. Sie drängte sich förmlich auf wärmend zu liebkosen und mit sehr viel Vorsicht kamen wir uns wieder etwas näher. Es kehrte eine unbekannte Ruhe ein. Ich saß stumm da und grübelte vor mich hin. Oft lag ich in der Fühldichwohlbadewanne. Mit Milchpulver, Meersalz und Mandelöl im Wasser. Erst kribbelte es auf der Haut und hinterher fühlte es sich an wie Seide. Holzmöwe Augusta hing im Meeresbadezimmer an der Decke und sinnierte mit. Als treuer Untermieter durfte sie keinesfalls fehlen. Widerwillig bohrte jemand den Haken für sie in die Decke, fand sie fehl am Platz und meinte, sie würde nur im Weg rumhängen. Sie hing permanent in der Luft und kannte die Bodenlosigkeit des Abgehobenseins sehr gut. Die Möwe hatte echt Geschichte und war schon weit mit mir durch dieses Leben geflogen. Sie eingeklappt im Keller verstauben zu lassen oder gar auf dem nächsten Flohmarkt zu verscherbeln, kam nicht in Frage. Nein, wirklich nicht. Sie hörte gut zu, nahm mich ernst, tat mir nichts und bewunderte mich von oben.

Aus voller Brust hatte ich noch nie in der Wanne gesungen. Bis zum Halsansatz weichte ich in öligem Plätscherwasser auf und zerfloss in Selbstmitleid. Ich tat mir mehr Leid als sonst jemandem und badete gerade den ganzen Körper darin. Selbstmitleid bringt einem herzlich wenig, es zu vermeiden ist jedoch ungleich schwieriger. Wenn ich den Schaum beiseite schob, stellte ich entsetzt fest, dass sich unbemerkt Frustfutterspeckröllchen angelegt hatten. Da waren sie wieder die fünfeinhalb Kilo, die einst unauffällig verschwanden und von denen ich hoffte sie niemals wieder sehen zu müssen. Manch einer legte sich ein dickes Fell zu, um sich weniger verletzbar zu machen.

Ein weiterer Zufall war, dass mein Vater mir zum Neueinzug unbedingt seinen ausrangierten Computer schenken wollte.

„Vielleicht kannst du ihn für wichtige Schreiben gebrauchen", schlug er vor.

„Weiß nicht", zog ich die Schultern hoch, „was soll ich jemals Wichtiges zu schreiben haben? Allenfalls die lästige Steuererklärung, doch die ist erst im nächsten Jahr fällig."

„Du hast doch jetzt so viel Platz", drängte er.

„Nun gut. Lass die Kiste halt hier", erbarmte ich mich.

Geschenktem Gaul schaute man nicht ins Maul. Wer wusste, wofür das nun wieder gut war. Eines Tages.

Die unerwartete Lebensruhe und die unerwartete Schenkung ließen mich nächtelang unerwartet auf dem blumenbewachsenen Balkon sitzen. Eine milde Sommernacht folgte der nächsten. Der Computer war praktisch verkabelt, sodass ich ihn problemlos mit raus nehmen konnte. Im Dunkeln leuchtete nur der Bildschirm. Und die Sterne natürlich. Ich war nicht das, was man einen Nachtmenschen nannte. Niemals gewesen. Doch das Schreiben auf vergilbte Tastatur hielt mich wach, bis die Vögel munter zwitschernd den nächsten Tag einläuteten und der Zeitungsjunge lustlos die Süddeutsche vor die Haustür warf. Spätestens dann wunderte ich mich über das Chaos aus vollen Aschenbechern, leeren Weinflaschen und zerknüllten Notizzetteln.

Die Erste, die zu Besuch kam, war Andrea. Zur Nachfeier des Tages, weil doch letztens Muttertag war. Sie brachte ein Fläschchen Champus mit.

„Zum Prost auf unsere Mütter und dass sie uns auf die Welt gebracht haben", sagte sie so schön.

„Sonst hätten wir uns ja nie getroffen", sagte ich auch schön.

„Hey, lass uns Pläne schmieden, wann wir zusammen abhauen", fing sie mit dem heißesten aller Themen an.

„Du meinst, noch mal so richtig? Mit Rucksack auf den Weg machen?", fragte ich.

Diese Idee fand ich nicht so übel.

„Klar", sagte sie.

„Von Alaska nach Feuerland?", wurden meine Augen größer.

„Ein Stück davon wenigstens. Wie wär´s?", fragte sie schmachtend.

„Ich bin dabei", lechzte ich.

„Abgemacht", sagte sie.

„Abgemacht", sagte ich.

Dieser Gedanke befreite mich auf der Stelle vom perspektivlosen Denken.

„Wie geht es eigentlich deinem Nachbarn?", wechselte sie das Thema.

„Wir sind uns zu nahe gekommen, fürchte ich. Irgendwie doch. Irgendwie nicht", stotterte ich unsicher in dem, was ich sage.

„Meinst du, der Psychologe hat sich in seine Patientin verliebt?", fragte sie.

„Wie meinst 'n das?", fragte ich.

„Mir kommt es vor, als will er es nicht wahrhaben und du kriegst nichts mit", sagte sie selber sehr psychologisch.

„Neulich hat er etwas Rätselhaftes geschrieben. Ich lese es dir vor:

Das Einzige, was ich nach dem Wiedersehen mit dieser schönen, schwierigen, widersprüchlichen Frau sagen konnte, war, dass einem die Liebe vielleicht nur einmal die Gelegenheit gibt sein Glück zu finden. Lässt man die Gelegenheit verstreichen, kommt sie nicht wieder, mag man ihr später noch so tapfer und unermüdlich hinterherlaufen.

„Klingt wie ein Abschied", sagte sie.

Rebellion im Einfamilienhaus

Es ließ sich nicht drumrum mogeln. Ich musste nach Hameln fahren. Mein Bruder heiratete.

Unruhig schlüpfte ich durch die Ritze der elterlichen Haustür. Ich vermisste den mütterlichen Jubel, ihre Wiedersehensfreude und die besorgten Fragen. Ihre Jacke hing neben der Hundeleine an der Garderobe. Der geliebte Hundefreund wollte ohne sie auch nicht mehr und starb gleich nach ihr. Ich schlich durch die Räume und war dankbar für die Stille, aber auch enttäuscht von der Leere. Es roch nach ihr. Dass sie nicht da war, mich nicht empfing, das schmerzte auch.

Plötzlich stand mein Vater hinter mir.

„Hallo Papa. Wie geht es dir?", fragte ich erschrocken.

„Weißt du, es gibt eine Menge zu erledigen. Ich bin rund um die Uhr mit organisatorischen Dingen beschäftigt", antwortete er.

„Und wie geht es dir?", frage ich.

Er sagte: „Wie es mir geht? Ja. Nee. Weiß nicht. Es muss ja alles geregelt werden. Du weißt doch, das Haus, der Garten, die Verpflichtungen, die Nachbarn und und und. Da kann man sich so eine persönliche Fragen nicht leisten."

Wenn jetzt nicht, wann dann? Hauptsache die Äußerlichkeiten stimmten und alles war geregelt. Glänzende Präsentation, die keine Gefühle zuließ. So war es immer gewesen.

Wirklich zu Hause hatte ich mich hier nie gefühlt. Es dämmerte mir langsam, welche ungünstigen Vorbedingungen die innere Ablehnung an diesen Ort behafteten. Die Eltern wollten, dass das Gegenteil aus mir wurde, was aus mir wurde. Etwas Vernünftiges halt. Und dass ich ihnen keine Schande bereitete. Der Herr Papa hatte all die Jahre einen unabstreitbaren Einfluss. Für meine Charakterbildung war das nicht gerade günstig. Seine dominanten Maßnahmen, von denen er so viel zu halten schien, bestärkten meine Grundeinstellung ihn als feindselig gestimmten Gegner anzusehen. Wenn er seine launische Gereiztheit nicht beherrschen konnte, fürchtete ich mich in meiner Kleinheit. Die Mutter stand daneben und kreischte in mütterlicher Hilflosigkeit er solle aufhören.

„Du schlägst das Kind tot", schrie sie.

Dabei hatte sie mich selbst bei ihm verpetzt, weil wir sauber gewaschen mit Spitzenhöschen unterm Rock herausgeputzt wurden und uns unter keinen Umständen schmutzig machen durften. Was ich da anhaben sollte, piekste am Po. Mit verschmierten Händen in zerrissenen Lausbubenhosen im Wald rumzustromern wäre mir lieber gewesen, statt gut präpariert und stadtbekannt mit knisternden Unterhosen durch die Fußgängerzone zu schieben. Meine Schwester hingegen fand das, glaube ich, entzückend und bewegte sich recht früh wie eine Dame. Sowieso wurde ihre fleißige Vorbildlichkeit besonders hervorgehoben und dementsprechend auffällig belohnt. Sie war einfach wohlerzogen und ließ sich widerstandslos von alten Tanten abküssen. Meine Mutter ärgerte mich grenzenlos mit Vergleichen und Ermahnungen, was mir meine Schwester nicht unbedingt sympathisch machte. Später war das nicht mehr so.

Trotz Warnung kam ich damals natürlich verschmiert nach Hause und mein Vater versohlte mir ordentlich den Hintern. Weil das fürchterlich weh tat, gab ich keine Widerworte mehr, glaubte was er sagte, rutschte auf Knien und weinte:

„Ab jetzt will ich immer artig sein."

Natürlich fragte nie jemand, was ich eigentlich wollte, so ganz generell gesehen. Interessen, Neigungen, Lieblingsbeschäftigungen, geschweige denn Gedanken und Ideen. Bis ich es satt hatte mich weiterhin entmündigen zu lassen. Das konnte ich als Kind schon nicht leiden. Es war nicht gestattet einen eigenen Willen zu haben. Ungünstigerweise lernte ich den ziemlich früh zu formulieren und nichts anderes fiel mir ein, als Verteidigungsstellung zu beziehen, rotzfrech zu sein und prinzipiell das Gegenteil von dem zu tun, was mein Vater von mir verlangte. Das machte ihn sehr wütend. Wenn er verärgert war, war nicht mit ihm zu spaßen. Der langjährige Kampf begann.

Warum sind Eltern so? Besonders diejenigen, die den Krieg miterlebten. Angestaute Aggressionen übertrugen sich sicher ungewollt auf die eigenen Kinder, weil es keinen Platz für Liebe gab. Meine Eltern hörte ich niemals sagen, dass sie sich oder mich oder überhaupt irgendjemanden oder irgendetwas gern haben würden, geschweige denn lieben.

Liebe. Was ist das überhaupt? So ganz genau meine ich.

Vor kurzem erst zog ich einen zu Rate, der sich damit besser auskannte.

„Kannst du dir vorstellen geliebt zu werden, nur du, deine Person, ohne etwas leisten zu müssen?", fragte er.

Diese vieldiskutierte Couch, auf der ich da lag, wurde reichlich ungemütlich. Ich zuckte zusammen und senkte den Kopf.

„Weiß nicht", sagte ich.

„Warum stellst du dich selber so klein dar?", fragte er.

„Weiß nicht", sagte ich.

„Fühlst du dich in deiner Familie geliebt oder musst du hier um Liebe kämpfen?", quälte er weiter.

„Weiß nicht", sagte ich.

Er hörte nicht auf zu fragen und ich hörte nicht auf zu heulen. Eines wusste ich. Die coole Präsentation meiner Person nach außen stimmte nicht im Geringsten mit den Wahrheiten und Sehnsüchten von innen überein. In allem was ich tat, war ich von der Angst überschattet zu versagen. Zum Abschluss der teuer zu bezahlenden Ausquetschstunde fragte er:

„Hat dich mal jemand unanständig angefasst?"

„Natürlich nicht", wies ich entrüstet zurück, zog verärgert die Jacke an und ging.

Da war mal was, dessen Vorstellung mir eklig genug war, um am besten nie wieder daran denken zu müssen. Doch begleitete sie ein aufklärender Beigeschmack. Zum eigenen Schrecken sprach ich über etwas, wie wenn einer was erzählte, was er selbst nicht glaubte. Er kam näher. Seine Statur quetschte mich gegen die Wand. Er zog bei uns zu Hause ein. Ich sollte lieb und nett zu ihm sein, sagte man. Meine Mutter flehte ich an mich nicht mit ihm allein zu lassen und stieß auf Nichtsdavonhörenwollen. Die Prozedur an der Wand wiederholte sich oft. Durch kindliches Nichtverstehenkönnen war ich leicht einzuschüchtern. Er schob mir Geld zu, damit ich von unserem geheimen Vorbündnis nichts verraten würde. Mir war nicht wohl bei der Sache. Ich wurde fürs lieb sein und fürs schweigen bezahlt.

Ich erzählte diese Geschichte, weil sie der Beginn meines Wahrheitsfindungstriebes und meiner Skepsis ist, wenn das Wort Liebe fiel. Unabstreitbar hatte ich ein gestörtes Verhältnis zu Geld, was mir großes Unbehagen einflößte, es zu besitzen, und zu Männern, was mir großes Unbehagen einflösste mich zu besitzen.

Wem erzählte man davon? Wer wollte das schon wissen? Was zwischen Verwandten ablief, möchte ich ehrlich gesagt auch nicht genauer wissen. Manch schrecklich unbequeme Andeutung wurde als abscheulich ausgedachte Spinnerei schnell weggewischt, damit die familiäre Harmlosigkeit nicht im Trüben lag. Solche Unterstellungen unterbreitete man nicht den eigenen Familienmitgliedern, schon gar nicht dem enkelkinderfreundlich gesinnten Opa, der sich zum Geburtstag so sehr über ein auswendig gelerntes Gedichtlein freute und den man rein körperlich längst nicht mehr dazu in der Lage glaubte. Eine große Verantwortung lag auf den Eltern sensibel die Grenzen zu erkennen. Meine Eltern hatten, mit eigenen Schwierigkeiten in der Ehe, diese Grenzen nicht erkannt und mich aus allen mir unverständlichen Gründen verhauen. Wenn etwas schief ging wurde in erster Linie ich verdächtigt und erhielt meist nicht nur eine Strafpredigt. Da tat ich doch erst recht, was man gerade verboten.

Mein Vater war sehr damit beschäftigt alle Arten von Tadeln auszuprobieren, dass ich mich seinem Willen nicht mehr widersetzen würde. So schrieb ich zum Beispiel hunderte gleicher Sätzen auf ein Papier, dass ich immer artig sein werde. Das half auch nicht, denn das unkreative Aufsatzthema beeindruckte mich wenig. Bald durfte ich stattdessen in ganzen Sätzen und selber ausgedacht niederschreiben, warum ich denn eigentlich immer artig sein sollte. Ich lernte besser zu schreiben als zu sprechen, wenn es um Erlebnisberichte ging und schrieb ausführlich, was meine Augen sahen und was meine Fantasie beschäftigte. Aus der Strafe wurde eine heimliche Freude.

Bei den mir durchaus unbegreiflichen Maßnahmen musste ich anerkennen, dass der Vater eine Menge toller Sachen ermöglichte. Wenn es erst um Ferien ging, hatten wir die ausgefallensten, die Kinder sich wünschen konnten. Das mit dem Kampf und den Maßnahmen hatte er sicher auch nicht so gewollt.

Es war mein Vater, der am anderen Mittag frischen Spargel mit frischen Kartoffeln kochte. Das war auch neu.

„Möchtest du Schinken dazu?", fragte er freundlich.

„Nein danke. Kartoffeln wären fein."

Mit zwei Töpfen auf dem Herd kam er gut zurecht. Er gab sich sehr viel Mühe, ein gelungenes Essen zu zaubern. Ich ließ ihm seine Freude über das ausgezeichnete Mahl inklusive zerlassener Butter darüber und er sagte:

„Guck mal, wie die Blumen wachsen. Magst Du noch? Es ist reichlich da. Ich hole uns guten Wein aus dem Keller."

Ich verspürte nicht das leiseste Bedürfnis ihn anzuklagen. Vielleicht werden wir uns aneinander gewöhnen. Ende des Kampfgeistes. Ich wollte nicht mehr so sein.

Unterbrochen wurden wir von der Anreise meines Bruders. Sensibel wie er war, ging er sofort zur Sache.

„Hey Schwester, hast du jetzt endlich den Mann fürs Leben gefunden?", fand er großes Gefallen daran mich bloß zu stellen.

„Nö", sagte ich.

„Du bist eindeutig zu langsam für diese Welt", behauptete er, „mit allem was du tust."

„Wieso ´n? Welche Geschwindigkeit muss man denn mindestens einhalten?", fragte ich.

„Deine biologische Zeit läuft auf jeden Fall davon. Wem willst du noch gefallen mit den verheulten Augen?"

„Ach, lass mich doch", sagte ich.

„Deine Ansprüche werden zunehmend wählerischer."

„Kann sein", sagte ich, „was der Richtigere fürs Leben alles sein soll. Flexibel, tolerant, nicht zu weich, nicht zu hart und zu artig schon gleich gar nicht."

„Du brauchst einen, mit Format, der dir endlich zeigt wo es langgeht heutzutage und dich mal richtig weiter bringt", sagte er.

„Wo geht es denn lang heutzutage?", fragte ich ein bisschen zu schnippisch, „vielleicht will ich gar nicht so weit gebracht werden. Soll ich dir verraten was ich unter Format verstehe?"

„Da bin ich gespannt", sagte er.

„Das Partnerwunschrezept ausgeklügelter Zutaten ist recht simpel. Zur Vorspeise locken eingelegte Zucchini-ehrlichkeits-streifen in frischer Tomaten-selbstständigkeits-soße, abgeschmeckt mit Knoblauch-kompromissbereitschaft. Zwischen den Gängen ein Gläschen Ramazotti-zärtlichkeit, mit Eis und Zitrone versteht sich, samt starker Toleranz-zigarette. Der Teig der Gemüsequiche-offenheit aus Vollkorn-harmonie-mehl, weicher Butter-liebe, Eigelb-charakterstärken und einer Prise Kräuter-egoismus-salz wird von Hand geknetet und im eingefetteten Backformvertrauen ausgelegt. Knackige Gemüse-freiheit je nach Saison, Frühlingszwiebel-treue, flüssige Persönlichkeitsentfaltungs-sahne, in Streifen geschnittener Freundschafts-schinken, feingehackte Petersilien-eigenarten und ein Schuss Sherryunternehmungsgeist in der Rührschüssel vermischen. Das Ganze über den Teig geben, mit geriebenem Parmesankäse-lachen bestreuen und bei 180 Grad in den Phantasieofen schieben. Derweil dienen gut gewählte Rotwein-fröhlichkeit und durstlöschende Mineralwasser-kreativität dem flüssigen Wohl. Und natürlich der

122

Nachtisch. Himbeer-rumalbergrütze mit unwidersteh-lich cremiger Vanille-kusslust-soße, Mandelblättchen-tanz oben drauf und mit Löffelbisquit-leidenschaft gar-niert. Das Magendurcheinander verräumen eisgekühlte Schnaps-gemeinsamkeiten. Da staunst du, häh?", staun-te ich selbst.

„Allerdings", sagte er, „wann hast du das denn aus-wendig gelernt?"

„Ach, ist mir grad so eingefallen."

„Frauen von heute stehen wohl eher auf Aussteiger-typen von morgen", zog er Bilanz, „ich dachte das Wichtigste ist, dass die Sache mit der Kohle passt, und Frauen darauf den größten Wert legen."

Zugegeben hatte er davon unanständig viel im Por-temonnaie und war einer von den sehr wichtigen Kar-rieretypen.

„Es interessiert mich nicht, womit du deinen Le-bensunterhalt verdienst und wie viel Geld du hast", sag-te ich, „ich will wissen ob du zu träumen wagst, der Sehnsucht deines Herzens zu begegnen. Ist mehr wert und kostet weniger."

„Sehnsucht meines Herzens begegnen. Was ist das denn für ein Quatsch? Blödes Gelaber. Davon kann ich keine Rechnungen bezahlen und schon gar nicht meinen Porsche finanzieren.

„Du meinst dieses Ding vor der Tür, für das dich al-le bewundern und beneiden?", fragte ich.

„Wie??? Dir gefällt mein Porsche nicht???", jaulte er, „mein toller Porsche."

„Bevor ich da einsteige, muss ich ziemlich betrunken sein."

„So findest du nie einen. Gebe ich dir den Tipp als dein großer Bruder."

„Du hast gut reden. Du heiratest ja morgen. Gib mir noch ein bisschen Zeit", flehte ich, als wollte ich mich mit ihm gut stellen. Sonst war es mir doch auch egal, was er von mir dachte. Ausnahmsweise interessierte er sich ja auch mal für mein Wohlergehen. Fast so, wie es sich für einen großen Bruder gehörte. Auch das war neu. Jetzt aber ab ins Bett. Es war bestimmt schon vier Uhr früh. In wenigen Stunden stand die anzuheiratende Verwandtschaft vor der Tür.

Inzwischen war es rekordverdächtig. Aufeinandertreffen frisch Getrennter verringerten sich nicht. Ob sie verlassen wurden oder jemanden verlassen hatten, ob nach wenigen Wochen oder etlichen Jahren, keine Variante blieb mir erspart. Die einen litten, die anderen nicht und was ein echter Mann ist, der macht das mit sich selber aus. Total normal und unheimlich modern.

Am Hochzeitstag schien die Sonne vom wolkenlosen Himmel und mein zukünftiger Schwippschwager kam fraulos angereist. Scheidungstohuwabohu, verstand sich. Trennung hin, Hochzeit her. Beides lag dicht beieinander. Unfreiwillig partnerlos passten wir ganz gut zusammen auf diese Veranstaltung.

„Willst du mit mir zum Standesamt fahren?", fragte er.

Ich wollte. Er fuhr Porsche. Ach du Scheiße. Und es geschah, dass ich meinen Vorsatz brach. Nüchtern! Das schönste im Leben ist inkonsequent zu sein. Ich stand dazu.

Die Standesbeamtin leierte ihren Standardtext runter und redete den sich Vermählenden ins Gewissen. Ob sie sicher waren, was sie taten, und ob sie das aus freien Stücken wollten, fragte sie jeden einzeln.

„Ja", sagte die Braut.

„Ja", sagte der Bräutigam.

Vor dem Amt wartete eine Herde altbekannter Freunde mit lauter Überraschungen. Ich sah wohl nicht recht. Hatte ich Halluzinationen? Der altbekannte Hans saß auf einer Bank mit Röschen in den Pfoten. Vor dem Brautpaar machte er eine kleine Verbeugung, überreichte die Blumen, drehte sich um und sauste ab wie eine Rakete. Im schnellsten Schnellschritt, den ich je gesehen hatte. Rätselhafter Auftritt.

Es wurde eine Gartenrede gehalten und hervor gehoben, dass diejenige, ohne die das hier nicht stattfinden würde, hätte es sie nicht gegeben, heute fehlte. Umso suspekter war es mit denselben Menschen munter Hochzeit zu feiern, die wenige Wochen zuvor die Beerdigungsgesellschaft darstellten. So ist wohl das Leben. Noch ein Stuhl, der leer blieb. Nach ihrem Tod erschien Mama mir im Traum. Plötzlich stand sie vor der Haustür und läutete. Ich dachte, sie würde mir Vorwürfe machen, dass wir in ihren Sachen rumgewühlt hatten. Nichts dergleichen. Trotzdem schämte ich mich, weil ich mir eingebildet hatte, sie sei tot. Von da an kam sie oft in der Nacht vorbei und heute zum ersten Mal am Tag. Als mein Vater die Worte über sie auf der Wiese verlauten ließ, pustete ein Windstoß durch die Zuhörer, ein Luftballon löste sich von seinem Knoten und stieg schwebend durch die Lüfte gen Himmel. Ein kleines Wunder, das mich nicht weiter störte.

Inzwischen war ich beschwipst. Zugegeben der beste Zustand, um bequem und tief gelegt durch vorbeifliegende Weserberglandschaft zu schmettern. Mit U2 voll aufgedreht. Der Sound aus besten Boxen ging durch Mark und Bein.

„Toll was?", brüllte er.

„Was jetzt genau?", fragte ich.

„So ein Wagen."

„Hat Schmettern was mit Schmetterlingen zu tun?", fragte ich, „bei dieser Geschwindigkeit wird jedem Schmetterling sicher schmetterlingsschlecht."

„Kann sein," zwinkerte er.

Zu köstlichen Speisen wurde tiefdunkler Rotwein gereicht. Ein Genuss. Wir prosteten einander zu. Mehrmals. Wie gut es tat zum Lachen verführt zu werden.

„Ich habe einen Pups gelassen", säuselte eine Vierjährige andauernd. Das Kind lachte sich kaputt. Ich lachte mich kaputt. Ich wollte sofort ein wohlbehütetes Kind sein dürfen. Samt unkomplizierter Vorteile versehen und einem der liebevoll auf mich aufpasste. Rumtoben und grenzenloser Kinderquatsch. Ach, Kinder, die haben es gut. Dürfen ziellos erfahren und entdecken, frei raus sagen, was sie denken, so viele Fragen stellen, wie sie wollen und unbekümmert schreien dürfen sie auch, wann und wo sie wollen. Allseits große Freude bricht aus, fühlen sie sich durch Luftablassen befreit. Für mich fühlte es sich mindestens genauso befreiend an, ich kriegte wieder nichts als Ärger. Wenn man nur erwachsen ist, wenn man sich mit allem zurückhalten kann, wollte ich das nicht sein oder werden. Die Luft nicht raus zu lassen gibt Bauchweh.

Schwankend verließen wir das Lokal. Ich konnte mich kaum aufrecht halten. Ehe es sich verhindern ließ, fiel ich in dieses Highspeed-Fahrzeug. Die Nacht sauste vorbei. Ohne Ziel und Verstand. Der Kutscher, mit dem ich ab da um die Ecke verwandt war, war tatsächlich noch fähig dieses teure Auto irgendwohin zu fahren. In einem Hamelner Hotel hatte er ein Zimmer gemietet. Er parkte vor der Leuchtreklame, die ich nicht mehr lesen konnte. Na ja. Ja. Und dann. Ja dann. Dann wusste ich ehrlich gesagt nicht mehr viel. Willenloses Geschwisterchaos. Alkoholisiert artverwandt. Mein großer Bruder heiratete seine kleine Schwester, während die kleine Schwester mit dem großen Bruder ein paar unanständige Stunden im Hotel verbrachte. Das war mir auch noch nie passiert. Ungesehen verschwanden wir im Morgengrauen, damit es kein unerwünschtes Rätselratendurcheinander gab. Korrekt gekleidet und zurechtgemacht standen wir mit Brötchen unterm Arm vor der Haustür.

„Wo wart ihr denn so lange?", fragte man spitz.

Ja, wo waren wir denn?

„Keiner rennt die ganze Nacht im Minirock, Schlips und Anzug quer durch Hameln."

Der Schwippschwager log sich eifrig was zusammen. Ich machte einen auf nichts erinnern und Filmriss im Hirn. Wusste von nix, mein Name war Hase. Mir brummte der Schädel nach der geschwindigkeitsübertretenen Rauschenacht.

Der kleinen Feierlichkeit folgte die große. Mir war nicht nach öffentlichem Auftritt und Menschenansammlungen zumute. Viel lieber hätte ich das bedrohliche Lotterleben auf dem Balkon fortgeführt. Stattdessen wurde ich in durchorganisierter Überschaubarkeit wieder mit einer höchst angenehmen Beschäftigung beauftragt und durfte mit dem Bräutigam den Blumenschmuck für Auto und Tische abholen. Wirklich ohne lästern zu wollen, in so einem Porsche war kein Platz für nichts. Da konnte man noch so das Dach abnehmen, es passte nichts anderes rein als in diesem Fall wir zwei. Die kreative Blumenfachfrau stapelte kartonweise Blütenpracht über mir. Ich kauerte in dem lederbezogenen Beifahrersessel und konnte nichts mehr sehen. Was mir ganz recht war. In dem übergestülpten Blumenmeer verhielt ich mich angemessen tonlos und kam mir vor, als würde mein nicht existierender Mann mich ungeahnt überraschend einmalig duftend zur eigenen romantischen Hochzeit entführen. Darüber musste ich so lachen, dass fast die Röslein über Bord geflogen wären. Half ja nichts. Es war nicht ich, die heiratete.

Dennoch bemühte ich mich möglichst tadellos in Erscheinung zu treten. Wohl geformt. Wohl gekleidet. Mit feinen Manieren. Ein bisschen Farbe ins Gesicht gepinselt. Rechts und links ein Hauch Parfüm. Ich wollte mir nichts anmerken lassen. Mit hochhackigen Schuhen strakste ich in Richtung Kirche.

Aus persönlichen Gründen war ich aus dieser Institution längst ausgetreten, weil ich das scheinheilige Gerede nicht ausstehen kann. Der Ton der geheimen Angst und die Atmosphäre, von der die Kirche generell umwittert ist, weil die Geschichten vom lieben Gott sich plötzlich in den bösen verwandeln, hat etwas an sich, was mit mir nicht recht übereinstimmen will. Du sollst nicht denken, sondern glauben und beichten wenn du doch gedacht hast. Offenbar hat uns der liebe Gott mit dem Glauben ausgestattet und der Böse mit dem Verstand. Allzu gütig kommt er mir nicht vor. Unterbreitete Beschwernisse, Gefühle und Gelüste zu unterdrücken, die man nun mal in sich hat, grenzen an Gemeinheit lebendiger Kreaturen. Die religiösen Lehren schicken den paradiesischen Schmackhaftigkeiten in einem Atemzug die Nachdrücklichkeit zu schlechtem Gewissen bei schlechtem Gehorsam hinterher. Aus ehrenwerten Gründen jagt er mir einen Höllenschrecken ein, dass ich im Handumdrehen erledigt sein kann. Unter strenger Verwarnung werden uns unantastbare Definitionen eingeprägt, was gut und was schlecht ist. Gelegentlich hadere ich mit meiner Ansicht, weil die Begleiterscheinung eines kühl temperierten Gotteshauses durchaus auf erstaunliche Weise angenehm ergreifend wirkt. In sentimental zweifelnder Geistesverfassung, in der ich dem Zusammenstoß mit der Wirklichkeit entfliehen will, verspüre ich auf einer hölzernen Kirchenbank eine ungeheure Erleichterung. Es passiert öfters, dass ich mich ohne Absicht eine Weile dort niederlasse. In zunehmendem Maße ist mein ausgedehntes Bedürfnis nach Ruhe angeregt, wenn ich mir selber und der Welt mit Unbefriedigtheit misstraue. In meiner Verlorenheit dämmert es hinter der Stirn, dass ich dann nicht gestört sein will.

Angesichts der heutigen Zeremonie inmitten ehrfürchtiger Pompösität überkam mich eine derartige Gänsehaut. Ich natürlich teilweise fassungslos und deplatziert. Von der Aufregung tief beeindruckt hallten Orgelklänge traditionsgerechter Hochzeitsmusik durch das Kirchengemäuer. Bisher war es mir schwer verständlich gewesen, warum Angehörige mit Tränen in den Augen eine Trauung verfolgten und wurde eines Besseren belehrt, als ich gespannt zuschaute, wie der Brautvater die wunderschönste Braut aller Zeiten, wunderschön schüchtern in natürlicher Vollkommenheit, dem Bräutigam übergab. Der Charakter dieser feierlichen Handlung war besonderer Aufmerksamkeit würdig. Vom Ganzen überwältigt konnte ich mich kaum halten auf den hohen Schuhen und musste zu meiner Beschämung die ganze Predigt heulen.

Ausgehungert machten sich Geladene über das Buffet her. Ich schlürfte zur Aufmunterung den dunklen Rotwein, der zur Selbstbedienung rumstand, und trank ungeniert ein Glas nach dem anderen in einem Zug leer. Jemand füllte es frisch auf und war dem nicht so, fiel es nicht auf, wenn ich das leere Glas gegen ein volles meines Nachbarn austauschte. Innerlich fühlte es sich warm und wohlig an. Ich stürzte mich ins Gewühl. Im Durcheinandergeschunkel legte niemand gesteigerten Wert auf paarweisen Standardtanz. Mich überkam ein wiederbelebtes Vergnügen. Es wimmelte von ungemein attraktiven und willigen Tanzbären. Leider machte die spritzige Zweimannband morgens um fünf schlapp. Würde sie noch immer spielen, würde ich noch immer tanzen. Der Großteil der Gesellschaft legte sich festlich berauscht danieder.

Ein harter Kern blieb. Mit abgestandenem Bier und hochprozentigen Schnäpsen bestand die willkürlich zusammengewürfelte Konstellationsrunde aus fünf strammen Burschen und unbegreiflicherweise mir. Das konnte ja heiter werden. Wurde es. Die Schlawiner schickten ihre Frauen zuvor ins Bett:

„Geh schon mal vor, Liebes. Ein Bierchen kann ich wohl noch vertragen. Ich komme gleich nach", zwinkerten sie.

Aus einem Bierchen wurde ein Fässchen. Aus gleich drei Stunden.

Es ereignete sich eine Herausforderung von Spiel und Gegenspiel zwischen den Persönlichkeiten, die anfingen zum Trost ihres Alltagslebens triumphbeglückend um mich zu feilschen. Wer waren die Sponsoren dieser einmaligen Darbietung und welchen Preis mussten sie dafür bezahlen? Sie verloren das Spiel, noch ehe es begann, ahnungslos, dass ich keine Wettbewerbe leiden konnte. Höchst beschränkt rotierten sie mit Worten, Taten und Gesängen, um sich abwechselnd aus dem Rennen zu werfen. Jeder meinte, er sei unwiderstehlicher als sein Konkurrent, der keiner war.

„Du bist raus!", bestimmte einer energisch.

„Du schon lange", protestierte der andere.

„Du sowieso", überbot der dritte.

„Ach und du erst recht."

„Ja, du hast doch eh keine Chance."

Ehrlich gesagt war ich verblüfft über die männliche Kreativität. Der eine verrenkte sich unsittlich, während er über den Teppich robbte und aus voller Kehle Liebeslieder aus dem Ärmel schüttelte. Der Nächste trieb es bis zum Äußersten und ballerte seinen Ehering durch den abgefeierten Saal.

„Rette mich", flehte er, „du meine herbeigewünschte Erlösungsfee. Auf der Stelle lasse ich mich scheiden, wenn du auf der Stelle ja zu mir sagst. Nimm mich jetzt und hier. Bitte."

Unterdessen hielt der Dritte eine geklaute Rose quer im Mund, sank auf die Knie, küsste meine Füße und bezirzte mich mit lieblichen Worten, dass nur er der richtige sein konnte. Der Vierte verstand nicht was die anderen drei trieben, und stellte im weiteren Verlauf komische Fragen, während sich der Fünfte vor Lachen krümmte. Von etwas dergleichen hatte ich persönlich nicht mal vom Hörensagen anderer erfahren. Steckten sie in solch tiefer Notlage oder lag es in der Natur des Mannes sich so aufführen zu müssen? Oder erfüllte kinderlose Single-Frau um die 30 die Kriterien, als respektloses Freiwild behandelt zu werden?

Ich sah ihnen nach, dass man mit Alkohol im Blut ziemlich albern werden konnte und dass bei zu viel Genuss dessen die Artikulation erschwert wurde. Doch das war keinesfalls das Wesentliche von jenem Erlebnis. Ausgiebig beobachtete ich deren verblendete Enthüllungen. Ernüchternd, was die Jungs sich leisteten. Sie wollten sich selber natürlich mehr beweisen, als sie mich wirklich toll fanden. Es blieb unentschieden. Männer waren echt nicht zu fassen. In ähnlichen oder gleichen Zügen stellten sie die Verkörperung der runden rosafarbenen Ringelschwänzchentiere dar.

Wie sehr ich mit dieser Annahme Recht hatte, bestätigt sich. Mit unerschütterlicher Tendenz zum Flunkern säuselten sie ihren Frauen zur Versöhnung des nichtausgeschlafenen Katers und der damit zusammenhängenden schlechten Laune friedenschließende Worte vor, die Frauen nun mal gerne hörten. Clever zusammengelogen.

Ein riesiger Jammer, dass während des Ereignisses die Videokamera nicht aufzufinden war. Was verhinderte, mich verdorbenen erpresserischen Maßnahmen hinzugeben, mit denen ich bis an mein Lebensende finanziell sicher gut versorgt gewesen wäre. Diese Prachtexemplare brauchten in jeder Hinsicht eine kleine Aufmunterung. Mit dem passenden Beweismaterial hätte ich allesamt moralisch erledigen können.

Ihnen nach dieser höchst lächerlichen Angelegenheit steif am Arm ihrer Frauen eingehakelt zum Frühstück zu begegnen, forderte große Zurückhaltung mich nicht versehentlich zu verplappern.

„Sag mal, ist dir auch so übel?", hörte ich, wie der eine den anderen fragte.

„Hör bloß auf", keuchte der leichenblass, „die elendigen Schnäpse. Wie Frauke das verkraftet hat, ist mir ein Rätsel."

Innerlich lachte ich über den Unsinn, weil ich das Zeug gnadenlos in den Blumenkübel schüttete. Manchen Trick errät man nie.

Reizüberflutung

Meinen Geburtstag hätte ich verschlafen sollen. Weil es eben einer dieser Tage war, den man besser übersprang. Frühzeitig eingestelltes Mulmiggefühl ließ erahnen, dass etwas entsprechend Unruhevolles bevorstand. Mechanisch aufstehen, rausschauen und direkt wieder rückwärts ins Bett fallen. Ich war einigermaßen beeindruckt über den telefonischen Erstgratulanten.

„Ja, hier ist Hansi", sang er fröhlich, „alles Gute wünsche ich dir."

Wie, er hatte mich nicht vergessen?

„Außerdem bin ich am Wochenende in München", fuhr er fort, „kann ich bei dir pennen?"

Bitte? Waaaas? Bei mir pennen? Ebenso verblüfft darüber, ihn überhaupt jemals wieder zu sehen, murmelte ich sehr gnädig:

„Von mir aus. Ich habe neuerdings ein Gästebett. Ähm. Ja. Mh. Schön. Bis dann also."

So was Blödes. Natürlich hätte ich lieber keines gehabt. Dann hätten wir uns ein Bettchen teilen müssen und ritualmäßig Po an Bauch ohne Zwischenraum einkuscheln können. Jetzt nicht weiter denken.

Mit seinem überriesigen Motorrad rauschte er an. Besonders verändert hatte er sich nicht. Nur schien er nicht mehr ganz so cool wie sonst. Es war, als wäre es 150 Jahre her und doch erst gestern gewesen. Er machte Anstalten mich nachträglich zum Geburtstag kräftig in die Arme zu nehmen. Ja, das tat er.

Dann legte der Besucher die Jacke ab und schlurfte mit prüfender Anschauung in alten Camelschuhen durch meine neuen Räumlichkeiten.

„Hier gefällt es mir nicht", nörgelte er, „hast du ein Bier?"

„Bier? Ähm, nö", sagte ich.

„Sonst hattest du doch immer eins. Mein Magen hängt in den Kniekehlen. Hast du was zu essen?"

„Könnte Dir auf die Schnelle ein paar lumpige Spaghetti kochen. Willst du dergleichen?", fragte ich so lieblos wie möglich.

Mittlerweile sollten seine Bedürfnisse mir ja egal sein. Ich hütete mich alte Zeiten aufleben zu lassen, in denen ein herzallerliebstes Balkonbegrüßungspicknick a la Tischlein-für-dich gedeckt dagestanden hätte. Ich konnte ja, wenn ich wollte. Und ich wollte ganz sehr, aber durfte nicht mehr. Wie es dem anderen ging erfuhr keiner. Ein Rollenspiel.

Wir setzten uns und aßen klebrige Spaghetti. Er blinzelte mich schräg von der Seite an.

„War schon schön mit dir", sagte er dann.

„Mh."

„Weißt du noch, was wir in fimmeligen Flausenlaunen angestellt haben?", fragte er.

„Klar weiß ich doch."

„Mh", sagte er.

„Wie geht es dir?", fragte ich.

„Geht so. Und dir?"

„Ging schon mal besser", sagte ich.

„Bist du einsam?", fragte er.

„Und du?", fragte ich.

„So eine Frau wie dich finde ich nie wieder."

Seine fragwürdigen Zwischenbemerkungen ergaben überhaupt keinen Sinn. War wohl nicht ganz ernst zu nehmen. Ja oder ja oder nein oder was. Alles ziemlich verworrenes Geschnulze.

Er sagte: „Wir waren schon ein schönes Paar."

Ja, waren wir, du Sturkopf. Themachen wechsel dich, sonst heule ich sofort.

„Und was war das mit dieser Alex?", fragte ich. Zum ersten Mal sprach ich ihren Namen aus.

„Das war ein Irrtum", brummte er.

Ach, das tat ein bisschen gut zu hören.

„Du bist Schuld, dass ich mich nicht neu verlieben kann", sagte er vorwurfsvoll.

Ich mochte seinen Humor. Meistens jedenfalls.

„Ich glaub, das ist wohl eher umgekehrt", konnte ich mich jetzt gerade nicht darüber kaputt lachen.

„Mir kleben lauter Frauen am Hacken, mit denen ich nichts anfangen kann", gestand er.

„Unfreiwillig wird man nicht zum begehrtesten Junggesellen Niedersachens. Jetzt übertreib mal nicht so."

Woher nahmen Männer ihre Selbstsicherheit jede haben zu können. Verwundert sah er mich an.

„Ist was?", fragte ich.

„Du bist gar nicht mehr Frauke", meinte er.

„Häh? Wie kommst du denn jetzt da drauf?" drosselte ich die Stimmlage.

Eigenartig, dass ihm das auffiel. Wo ihm doch sonst nicht besonders viel auffiel. In zweckentfremdeter Ausgedehntheit gab ich ordentlich an, was inzwischen für aufregende Dinge passiert waren, und hatte ein wunderbares Ablenkungsmanöver parat, um ihm überzeugend unterzujubeln, wie blendend es mir ging. So ganz und gar ohne ihn. Vielleicht trug ich ein bisschen dick auf, wie toll dieser Sommer der lauen Nächte in bayrischen Biergärten war. Dass ich noch kein einziges Mal da gewesen bin, verriet ich ihm nicht, weil es mich in tausend Stücke zerrissen hätte, ohne ihn auf der Bank zu sitzen. Und berichtete von vielen Begegnungen, die es zwar gab, die mir aber bis auf wenige Ausnahmen nichts bedeuteten und ereignislos waren. Sie verblassten und blieben ohne tiefere Folgen.

„Aha. Soso", sagte er zwischendurch.

Obwohl ich immer ehrlich sein wollte, war ich es nicht, weil ich endlich so tun wollte, als hätte ich das alles längst vergessen. Vernünftig verteilten wir uns in getrennte Betten getrennter Räume.

„Gute Nacht", rief er rüber.

„Gute Nacht", rief ich zurück.

Regelrecht wie sonst unverändert putzte er sich am anderen Morgen die Zähne in meinem Bad.

„Ich hab schon mal Kaffee angestellt", sagte er.

„Mh, ist gut."

„Wie findest du mich in bayrischer Trachtenlederhose?"

In seiner Mannespracht wog er sich dressmanmäßig vor dem Spiegel hin und her, brachte sich in Positur und betrachtete stolz die Anatomie seines Supermannastralkörpers. Dabei stopfte er lässig die Hände in die Hosentaschen.

Wir saßen in unserem Stammwirtshaus, als mich die ungezähmte Unart umschwebte, er würde mir eine Stunde seines Lebens ohne vermurkste Ausreden schenken. Ich wollte keine Ausreden mehr hören. Mir fehlte es an Verständnis, wie sich ausgerechnet unsere Liebe übergangslos in Nichtvorhandensein verwandeln konnte. Die ein oder andere Erklärung war er mir schuldig. So was merkte ich mir sehr genau.

„Sei einmal ernst. Ein einziges Mal nur", bat ich.

„Ich denke, es ist klar zwischen uns. Wir sind gute Freunde und alles ist wie immer," zischte er, „nur ohne Anstrengung eben. Schade."

„Ach, gute Freunde sind wir. Das ist ja schön", dachte ich.

„Furchtbar schade", sagte ich.

„Wenn du es so genau wissen willst, Dein Auszug hat mich fünftausend Mark gekostet", bäumte er sich plötzlich auf.

Kein Kunststück für ihn mit wenigen Worten alles platt zu walzen.

„Bitte?", zischte ich.

Auf der Stelle drehe ich dir den Hals um. Du hast ´se wohl nicht alle. Mir war es scheißegal, wer oder was dich in finanziellen Ruin getrieben hatte. Vielleicht hättest du dir vorher überlegen sollen, ob du dir das tatsächlich leisten konntest. Was du mich inmitten irrer Verstrickungen, in denen mir scheinbar manch Engelchen ans Bein pissen wollte, an Unbezahlbarem gekostet hast, ist in deutschen Märkern nicht auszudrücken. Von verlorenen Freunden ganz zu schweigen. Andrea. Ach Andrea. Das Schicksal trennte uns unbarmherzig voneinander. Es war nicht mehr das Gleiche mit uns. In der seelischen Not, zu der man zu allem noch am Unverstand der anderen litt, wartete ich vergebens auf eine starke Stütze, die mich bei der Hand packte und über alternative Heilmethoden aufklärte. Den Überbleibseln war es nicht zu verübeln, dass sie mit morastischer Sumpfstimmung und verloren gegangener Fraukeglückseligkeit überfordert waren. So unklar, verworren und weltabgewandt. Die anderen schienen allesamt anderswo zu sein. Außerhalb meiner Reichweite. Ich wollte keine Belustigungspartys, auf denen man nur fröhlich erscheinen durfte, keine zusammenquetschenden Menschenansammlungen, keine Pizza im Stehen. Nicht mal picknicken wollte ich, egal wie rotweiß kariert die Tischdecken waren. Seelisches und Rationales lässt sich nicht miteinander vermischen. Alles klar?

Die unvorhersehbare Anlage ersparten Kapitals versetzten mich in einen hellen Aufregungszustand. Scheiss Geld. Ich sag´s doch. Eine der grössten Lebenslügen.. Ich konnte nicht beschreiben, was in mir vorging. Und überhaupt. Es reichte. Ich musste handeln. Sofort. Alles hatte Grenzen. Nullkommanichts verwandelte ich mich in ein steinhartes Maiskorn, das in die hocherhitzte Pfanne geschmissen wurde. Vor Erregung ploppte ich darin hin und her, platzte sozusagen von innen heraus, veränderte Form, Farbe und Beschaffenheit und stammelte zu versalzenem Popcorn geröstet:

„Es ist besser, du fährst morgen!"

Hatte ich das gesagt?

Bei der hektischen, brustbetont gekleideten Dirndlbedienung bestellte ich noch hektischer zwei attraktive Weizenbiere und saß ihm sehr gesalzen und sehr geröstet gegenüber. Ich schluckte das Bier auf Ex runter und musste säuerlich aufstoßen. Er runzelte die Stirn und sagte, er wusste nicht recht. Ich sagte, ich wusste genau und zwar ganz genau.

Ich hatte mich für einen Menschen gehalten, dem man nichts vormachen konnte. Krieg dich wieder ein. Bestell dir einen Schnaps zur Beruhigung. Dann entschuldigst du dich brav und alles wird gut. Tief durchatmen. So hatte ich mich noch nie aufgeregt. Ich schwizte. Das kam selten vor.

Nein, ich wollte mich nicht einkriegen. Und ich wollte keinen Alkohol. Mein psychischer Ablauf folgte nicht mehr. Ich konnte nur eine begrenzte Anzahl von Informationen und Eindrücken aufnehmen. Wenn es zu viel wurde, fühlte ich mich schnell überreizt. Würde ich einmal so tun, als wäre alles in bester Ordnung. Dann hätten wir einen besonders witzigen Langzeitspaßrauscheabend unter guten alten Freunden verbringen können. Das wollte ich jetzt auch nicht mehr.

Keiner verstand mich. Ich war allein auf der Welt. Wieder einmal war ich von der Dreckshölle der Herzensleere und Verzweiflung umgeben. Wenn ich jetzt einen Freund gehabt hätte. Grausige Andersartigkeit gab mir zu denken und ich entschied den Menschen nie wieder Fragen zu stellen. Akzeptiere alles und halt dein forsches Mundwerk. Ich ließ mich zu dem machen, was ich niemals sein wollte. Diese Art Bequemlichkeit würde mir gut tun. Ich lernte mich anzupassen, gehorsam zu sein und gemeinsam mit abgestumpften Nichtssagern vor mich hin zu leben. Scheiße, das gelingt mir nie.

Ich fasste mich einigermaßen. Bis hierher hatte mich einzig und allein innere Gewissheit am Leben erhalten, dass er und ich uns eines schönen Tages noch einmal schön begegnen würden. Ich hatte nicht damit gerechnet, dass dem nicht so ist.

Das Augustiner Weißbier wollte sich in Tränen verwandeln. Im Geiste flehte ich den Himmel an, lass es regnen, bitte.

Ich leerte mein Glas und ging. Draußen goss es in Strömen. Wolkenbruch. Danke. Regen bringt Segen. Nun weinte ich doch. Im Regen fiel es nicht auf. Die Tropfen hatten von Mangel an Verständnis keinen Schimmer. Ich stapfte vorweg ohne Schirm, etwas Charme, ohne Melone und wurde plitsche-platsche nass. Wie wir nach Hause kamen, hatte ich vergessen.

Seine Sachen packte er auf das wirklich tolle Motorrad und stand mit rotem Helm auf der Rübe im Türrahmen.

„Ich gehe dann mal", sagte er, „winkst du mir zum Abschied?"

„Tschüß und gute Fahrt", rief ich lauter als gewollt vom Balkon hinunter.

„Tschüß", rief er rauf, „dann sehen wir uns wohl nie wieder."

„Wohl nicht", schluckte ich.

Dass es eine grammatikalische Steigerung von leer geben konnte, wusste ich erst heute. Leerer als leer war doch rein logisch gesehen gar nicht drin.

Lange schwieg ich intensiv. Der Drang zu reden wurde tatsächlich weniger. Ich hütete mich brennende Fragen zu stellen. Manchmal sprach ich mit mir selbst und fand das normal in Zeiten wie diesen. Vielleicht war ich nicht mehr Teil dieser Welt, sondern woanders. Ein stummer Betrachter, der beim Einholen neuer Anregungen von außen, keine Antworten fand oder zu viele.

Umherzuirren ist gar nicht übel

Wann war es endlich vorbei? Heute? Morgen? Übermorgen? Wann? Dass es nicht mehr weh tat. Gar nicht. Dass ich an ihn denken konnte, ohne dass etwas passierte. Warten. Warten. Ewiges Warten.

Trennungsschmerz ist ein Hürdenlauf. Eine Hürde, noch eine und noch eine. Oft mit wochenlangen Unterbrechungen und Verschnaufpausen der Tränen. Kurzzeitig strotzte ich vor Energie, mit durchtrainierten Gliedern und viel Power in den Muskeln. Stark wie eine Bärin legte ich ein paar Sprints ein. Doch es war voreilig zu glauben, die Etappen der Liebeskummermarathonstrecke erfolgreich durchlaufen zu haben. Ich freute mich zu früh. Verkalkuliert.

Abzweigung verpasst, vom Weg abgekommen, im wildunentschlossenen Zickzack von dort nach hier, wieder zurück nach dort und noch mal nach hier gelaufen. Das Hin und Her wahnsinniger Erregungen niedrigster und höchster Art machte einen verrückt.

Siegessicher steuerte ich das Ziel an. Gleich hatte ich es geschafft. Ja, nur ein kleines Stück noch. Mühsam pirschte ich mich heran, setzte zum Endspurt an. Je näher ich glaubte dem Ziel zu kommen, desto größer die Hindernisse, desto mysteriöser verschob sich die ersehnte Ziellinie nach hinten. Ich lief und lief und kam niemals an.

Es war gar kein Abschnitt des Ankommens, sondern des Abstand gewinnens und neuen Perspektiven sammelns. Ich brauchte lange, um mich von Hans zu erholen. Länger als gedacht. Länger als ich mir eingestehen wollte. Nicht nur seine Abwesenheit machte mir schwer zu schaffen. Die Vergangenheit hat verdammt lange Klauen. Man ist ihr unentrennbar. Das viele Denken bekam mir nicht.

Meine Widerstandskraft schwand, mir ging die Puste aus. Aussichtslos hinkte ich hinterher und war humpelnd in der Dunkelheit der Niederlagen verloren. So fürchtete ich die Unvorsichtigkeit zu begehen, einer von den normalen Menschen zu werden, von denen keiner den Drang verspürt sich mitzuteilen Talente, die ich bei anderen erschreckend neidisch bewunderte. An dieser Aufgabe versagte ich und das war der Untergang meiner Lebenslust. Inmitten der Machtlosigkeit bemerkte ich erst später, wie tiefe Gedanken, die sich mit niemandem mehr teilen ließen, meine Umwelt überforderten. Ich bitte höflich um Verzeihung. Jeder hält die ihm zufallenden Leiden für die Größten, die es geben kann.

Ich packte es nicht und ergab mich. War ich einmal lebensmüde, war ich des Lebens ach so müde. Sehr müde. Müde wie nie zuvor. Der Kopf war schwer, der Körper erschöpft, bis auf die Knochen zerschlagen. Um ein befriedigendes Ende der Prozedur zu ermöglichen, fragte ich den Nächstbesten, ob er mit dem blöden Leben weiterlaufen wollte. Meine Kapazität war erschöpft. Schluss-aus-basta. Leben zu verschenken. Ich jedenfalls wollte es nicht mehr haben. Hier bitte, viel Spaß. Macht ihr doch damit, was ihr wollt.

Ein paar Zeilen schrieb ich an die, die ich gerne hatte, und malte auf, wie ich einen würdevollen Abgang machte. Wer den Abtransport der Überbleibsel organisierte, interessierte mich wenig. Als ich das ordentlich aufgekritzelt hatte, fiel ich ins Bett und ging davon aus, dass morgen dann alles vorbei war. Allerdings tüftelte ich keinen sensationellen Plan aus, wie das im Einzelnen vonstatten gehen sollte mit dem morgigen Vorbeisein, und dachte, ich musste nichts weiter tun, als mich flach hinzulegen, die Augen zu schließen und abzuwarten. Zu sterben schien mir leichter, als zu trauern. Aber nicht mal das war einfach. Aus geistiger Umnachtung kam ich zu mir, als es heller Nachmittag war. Ich rieb die Augen und sah wohl nicht recht. Was sich da präsentierte, sah nicht aus, als wäre ich im Wolkenbett des Himmelreichs gelandet. Es sei denn, ich hätte mein kuscheliges Zuhause mitnehmen dürfen. Es stand alles unverändert dort, wo es vorher stand. Merkwürdig. Irgendwie war da was schief gelaufen.

Meine Füße einigten sich nicht, wer von ihnen dran war, als Erstes das Bett zu verlassen. Während sie sich stritten, blieb ich liegen und überlegte die Sache mit dem Sterben bis auf weiteres zu verschieben. Ein bisschen hielt ich noch aus. Mutig war der, der vor seiner Angst nicht davonrannte und seine Schmerzen tapfer ertrug. So.

Augusta war meine bedingte Vertraute. Die Einzige, die mich noch für voll nahm. Ihr berichtete ich davon.

„So seltsam finde ich das nicht", sagte sie, „total normal. Hat jeder hinter sich. Geht vorbei. Spricht nur keiner drüber."

„Ach so", sagte ich.

Wie mir schien musste ich noch viel lernen.

Den blödsinnigen Einfall zu verschieben, bestärkte sich am gleichen Abend. Lenz stand vor der Tür. Ich staunte nicht schlecht. Er hatte zwei Flaschen Vino in den Hosentaschen.

„Lass uns mal wieder ein Glas Wasser trinken," grinste er, „natürlich zum Rotwein. Einer ist für uns. Einer für dich."

Er entkorkte die Für-uns-Flasche. Mit Möhrengeschnetzeltem im naturbelassenem Reisrand versunken sanken wir auf den Balkon. Die Nacht war warm. Mir auch. Bei ihm konnte ich es mir nicht erlauben rumzuschwächeln. Bis auf diesmal. Obwohl ich nie wieder Fragen stellen sollte, musste ich ihn fragen, wo er vor wenigen Monaten seinen Lebenswillen wieder gefunden hatte, als er vom Leben nichts mehr wissen wollte. Er wusste doch, wie das war, wenn solch ein Anfall einen überrumpelte und man sang und klanglos verschwinden wollte. Er wußte doch sowieso so viel. Heute sah er rosig aus und hatte sich bestens erholt von seiner Krise.

Und schon, wie wenn nur wenige Minuten vergangen waren, stauchte er zornig:

„Leben wegschmeißen, bist du bekloppt? Grundlos. Kerngesund dazu. Leben schmeißt man nicht weg. Rede nie wieder so einen Scheiß!"

Hast ja Recht, dachte ich. Ihm glaubte ich. Es machte mich neugierig, wie er das hinbekam. Mit ein paar wenigen Sätzen nur.

Wir zelebrierten den schweren chilenischen Rotwein, der so was von schwer und so was von chilenisch war, dass man jeden Schluck dreimal kauen musste, bevor man ihn runterschlucken konnte. Umgeben von Eros´ Klängen. Der einzige Mann, den ich kannte, der Eros´ schnulzige Musik ertrug und jedes Lied mitsingen konnte. Mitternachts stand er auf und meinte:

„Ich leg mich schon mal hin."

Wohin denn, fragte ich mich. Unter der Bettdecke fand ich ihn wieder. Scheinheiliger Schlingel. Irgendetwas lief grundverkehrt. Anscheinend galten hier andere Regeln. Ein blendender Stratege. Zum ersten Mal sah ich ihn entspannt daliegen. Geschmolzener Widerstand. Stille. Balsamische Stille. Absolute Stille. Selbst die Grillen hielten die Luft an. Das Licht gelöscht. Bis auf die Kerze.

Ehe es sich umgehen ließ, küssten wir uns. Besinnungslos dem Rausch verfallen, bis ich keinen eigenen Willen mehr hatte. Der chilenische Tropfen entraubte die Kontrolle über sich und mich und uns und alles andere ebenso. Beherrschung verloren. Ich hörte auf zu denken und fing erst an, als die Wirkung nachließ. Seine unzerstörbare Schönheit hockte da wie eine nackte Statur aus gusseisernem Edelstahl. Schon war nichts mehr zu erkennen von Entspanntheit. Ein Unantastbarer. Den Rest der Nacht rührte er sich nicht. Morgens lag er noch genauso da. Keiner zum Ankuscheln.

„Ciao Frauki", flüsterte er in Herrgottsfrühe, „ich ruf dich an."

Er huschte hinaus in die Morgenluft. Weg war er. Ich streckte mich unter der Bettdecke aus und fragte mich, ob ich ihn wieder sehen werde. Ich ruf dich an, hieß soviel wie: Ruf du mich nicht an, weil ich dich anrufe oder auch nicht anrufe. Was soll's? Ich dachte scharf nach, ob ich ihn wieder sehen wollte. Er schüttelte alles heillos durcheinander und verschwand. Dabei ließ er niemanden an sich heran.

Schon am nächsten Tag betrat er mucksmäuschenstill den Raum. Mit einer Begabung mich zu irritieren, nahm er die Zigarette aus dem Mund und küsste mich unverschämt sanft mitten drauf. Der Tag war gelaufen. Der Geheimnisträger saß mir regelmäßig zu einem Glas Wein gegenüber und war oft besonders seltsam gelaunt. Er lachte wenig. Mit ihm konnte ich selten lustig sein. Meine Frohnaturüberbleibsel wurden durch seine herausfordernde Angriffslust erstickt, er zerpflückte rechthaberisch jeden einzelnen Buchstaben. Meist wusste ich nicht, wovon ich redete. Inmitten seiner wichtigtuerischen Predigt unterbrach ich ihn einmal. Das war keine besonders kluge Idee.

„Hör mal, Lenz, das ist nämlich so", druckste ich mit einiger Verlegenheit, wie ich zu ihm reden sollte.

„Was denn Frauki?", fragte er.

Ja, was denn eigentlich?

„Wenn du in meiner Nähe bist, beschleicht mich ein sonderbares Gefühl, was mich verführt anders zu sein, als ich zu sein meine", sagte ich sehr allgemein gehalten. Mit allgemeinen Aussagen war ich hier falsch.

„Was meinst du?", fragte er unsensibel.

„Du bist von Geheimnissen umgeben, die mich verwirren."

Besser konnte ich es nicht formulieren. Zu meiner Erleichterung hatte er sehr wohl verstanden.

„Was willst du mit einem wie mir? Ich bin krank und habe ein zersplittertes Hirn, Frauki."

„Es fasziniert mich, wie Du die Atmosphäre deiner geistigen Welt vermittelst."

„Und?", fragte er.

„Schade, dass dein überdimensionales Eisklotzauftreten das Liebenswerte in dir übertünchen soll. Lass doch das Getue." Betreten hörte ich auf zu reden.

Gleich und gleich bekämpft sich am meisten. Das mögen Männer nicht. In ihm sah ich etwas, was ich in mir nicht finden wollte. Das mögen Männer auch nicht. Darüber spricht man nicht. Frau denkt es und behält es für sich. Inzwischen wusste ich nicht, worüber man überhaupt sprechen darf, wenn man alles für sich behalten soll. Mir gelang das mit dem Schweigen irgendwie nicht.

Er wurde einigermaßen normal. Noch immer bestand er aus zwei schauenden Augen. Mir wurde heißer, als mir eh schon war. Beschämt warf ich einen Blick auf ihn und blieb gebannt an seinem unbewegten Gesicht hängen. Warum redete er nicht? Er war doch sonst so geschwätzig. Schrecklich, wenn ein Mann nicht sagen konnte, was er fühlte. Er half mir in den Mantel und legte seinen Arm um mich. Im nächtlichen Nieselregen küsste er mich ungeschickt. Ich fuhr nach Hause. Geklärte Fronten waren wichtig. Es war unpfiffig für jemanden zu kämpfen, der sich nicht erwischen lassen wollte. Das mögen Männer erst recht nicht. Er war und blieb unenträtselbar. Da ließ man am besten die Finger von. Ich entschied ein weiteres Mal, nicht mehr zum Kämpfen auf der Welt sein zu wollen. Irgendwann zieht man aus allem einen Nutzen.

Die Empfindung der Grenzenlosigkeit von Zeit und Raum begann am Tag der Sonnenfinsternis. Kribbeliger Spannungsüberfall. Gespannt wie ein überdehnter Flitzebogen vorm Abschuss. Jede einzelne Zelle kitzelte. Dasselbe Gefühl, als wenn einem die Füße einschlafen. Nur handelte es sich um die gesamten Gliedmaßen. Ganzkörperblutzirkulationsstau oder so was. Etwas in mir wurde angerührt bei dem seltenen Schauspiel.

Als der Mond sich vor die Sonne schieben wollte, hing der Himmel voller gespensterhafter Wolkenzerrissenheit. Die Umrisse der Alpen waren zu erkennen, als konnte man hinspucken. Eine überwältigende Kulisse. Unecht. Das Tageslicht verschwand am helllichten Tag von einer Minute auf die nächste. Ein kräftiger Wind kam auf, es wurde kühl und die Welt blieb stehen.

Ausgeknipst.

Ruhe.

Kein Geräusch in der Luft. Die Welt blieb stehen. Das hatte ich mir immer gewünscht. Einer der Gedankensortiermomente, der unter die Haut ging. Plötzlich war es mir egal, was andere darüber dachten, dass ich immer noch keine meterhohen Bäume ausriss. Es kam nicht darauf an, dass sie verstanden. Sie hatten ein eingeschränktes Sichtfeld und konnten sich ungebetene Bemerkungen sparen. Jeder Mensch sah die Welt anders. Und weil ich alles ganz genau ansehen wollte, dauerte das eben. Inwiefern diese Einstellung mein Leben veränderte, blieb unklar. Nein, ich wusste nicht, wie es weitergehen sollte. Im Leben weiss man nie und es kommt ja doch immer anders als man sich das so vorstellt. Der Glaube etwas zu wissen hat eine derart schnelle Verfallszeit, wird ständig von Neuem widerlegt oder ergänzt oder aufgesogen. Alles scheint grundsätzlich provisorisch und unabsehbar. Was einst wichtig war, ist längst banal. Ich wusste nur, dass ich mich nicht mehr kannte und sonst auch niemanden und bildete mir nicht mehr ein, jemals irgendetwas von diesem Leben verstehen zu können. Es gab sich kaum Mühe verstanden werden zu wollen. Im anhaltenden Schwebezustand, ließ man Pläne besser Pläne sein. Sehr vorsichtig betrat ich das Niemandsland. Ein undefinierbares Fleckchen Acker, auf dem man nichts, rein gar nichts leisten muss. Wo ja nur Leistung zählt im Leben. Wie es einem dabei geht und welchen Preis man für seine eigene Leistung bezahlt, scheint gleichgültig. Im Niemandsland darf man sich dem komfortablen Gefühl der Unsicherheit hingeben und darf schlichtweg versagen. Im stillschweigenden Einverständnis lässt es sich hier über Dinge reden, über die man mit niemand sonst reden kann. Bald kam ich mir vor wie ein Pfadfinder auf Schnitzeljagd. Die Pfadfinder wissen wohl, warum sie so heissen. Damit sie ihren Pfad fanden nämlich. Ich fragte mich, ob es von mehr als zufälliger Bedeutung ist, dass mein Name identischen Sinngehalt in sich trägt. Wegmann. Klingt fast genauso. Man heisst wie man sich fühlt.

Ein Stein ragte hervor. Ich setzte mich auf ihn.

„Wo um alles in der Welt ist denn der Weg?", fragte ich den Stein.

Ich wollte nicht mehr heulen, nicht mehr hoffen, nicht mehr jammern, nicht mehr leiden, nicht mehr warten. Dann machte ich mich eben selbst auf die Suche. Ohne Plan. Zeit und Geduld allein heilten die Wunden nicht.

„Geh einfach los. Durch Umwege kommst du auf deinen dir vorgegebenen oder dadurch entstandenen Weg", antwortete der Stein alt und weise, „du musst das Ziel nicht kennen. Du wirst es ja sehen, wenn Du angekommen bist."

So oder so ähnlich ist das wohl. Der Stein und seine alten Weisheiten gefielen mir.

Nach wochenlangem inneren Exil wagte ich probehalber ersten menschlichen Kontakt und gewährte sehr willkommenen Zutritt in mein Verlies. Wir schlürften ein paar Getränke am selbstgebauten Lattentisch. Von Zeit zu Zeit wiederholten sich philosophische Kaffeekränzchen und es bildete sich so etwas wie eine spirituelle Wachstumsgemeinschaft. Die Art Unterhaltung, die Frauen eben haben, ist ihr Selbstbewusstsein angeknackst.

„Ich weiß nicht, was du hast", sagte die eine zur anderen, „du bist echt 'ne tolle Frau."

„Findest du?", zweifelte die andere.

„Was du auf die Beine stellst, ist bombastisch."

„Ich weiß nicht", zögerte diese, „ich bin nicht glücklich."

„Warum nicht?"

„Fortlaufendes Pech mit Männern. Die Ansammlung von one-two-three-nights-stands oberflächlicher Bettgeschichten ist frustrierend und unsinnige Ablenkung."

„Kommt mir bekannt vor", bestätigte eine.

„Komplizierte Frauen sind out. Männer sind einfacher gestrickt, als wir es wahrhaben wollen. Sie wollen Frauen mit wohlgeformten Brüsten, schlanker Taille, so schmal und zerbrechlich wie möglich. Zum Spaß haben und sonst nix."

„Meinst du wir sind sexuell gestört?"

„Wieso das denn?"

„So halt."

„Keine Ahnung."

„So wird das nie was mit uns."

„Mh."

„Ich wünsche mir nichts sehnlicher als dass jemand da ist, mit dem Wissen, wohin und zu wem man gehört, mit dem man einfach so eine Kerze anzünden kann und sich spießig drumrum versammelt", schniefte eine.

„Die heimliche Suche nach so etwas wie Heimat, einen wahren Freund und Seelenpartner, Fröhlichkeitsgefährte und Sorgenteiler."

„Das brauchen wir wohl alle, die hier sitzen."

„Ohne jemanden, der einen richtig gern hat, fällt es noch schwerer die Bedeutungslosigkeit der eigenen Existenz klaglos hinzunehmen."

„Jeder möchte ja gern etwas ganz Besonderes sein."

„Besonderheit macht einsam."

„Außerdem wird man nicht durch jemanden glücklich, sondern nur mit."

„Da hast du auch wieder Recht."

„Eine Menge Verehrer schleichen um mich rum, die nach dem dritten Treffen lästig werden."

„Nette Bekanntschaften, nichts mit Funkensprühen und so."

„Du sprichst mir aus der Seele."

„Mir auch."

„Dann bleiben wir wohl auf ewig solo", heulte eine.

„Ist doch auch ziemlicher Mist, oder?"

„Vorsichtshalber baut man großes Misstrauen denen gegenüber auf, die nichts dafür können."

„Bis auf weiteres wird man dem Neuverlieben entwischen, weil man das Trennungsleid nicht noch einmal erleben will."

„Wissen wir alles. Wie ändern wir was daran?"

„Mh. Warten."

„Nicht schon wieder."

„Schöner Scheiß."

„Bis einen die Horrorvision vom einsamen Altwerden überfällt, wo man nichts anderes zu tun hat als Volkshochschulkurse zwischen dauergewellten Gleichgesinnten zu belegen? Im Haus riecht es nach Sauerkraut und Würschteln? Die Augen stumpf und die Mundwinkel hängen verbittert nach unten und man darf den allzeit bereiten Babysitter für fremde Kinder spielen?"

„Oh Jammer."

„Ohne mich."

„Willst du noch ein Glas?"

„Klar."

Flaschenpost auf Umwegen

Wachstum ist ohne das Ausprobieren neuer Dinge nicht möglich. Wie überlistet man sich selbst, wenn man sich ständig etwas vormacht? Genau. Mach mal einer das Licht an. Bisher hatte ich das zu verhindern gewusst. Das Abenteuer des Lebendigseins lag in der Luft. Furchtlose Sprünge in unbekannte Tiefen sind wichtig fürs Leben. Mal sehen, wo das hinführte.

Zunächst erreichte ich die deutsche Hauptstadt. Frauenrunde in Berlin. Einen Ausflug wie diesen gab es einmal im Jahr und auch die Mütter unter uns wurden für diese hoch geheiligte Sensation von ihrem Amt freigestellt. Eine von denen hatte in Berlin sogar einen Freund. Gelegentlich sollten wir uns mal treffen, sagte sie. Der Freund und ich. Er hieß Paulo und da gerade gelegentlich war, verabredeten wir uns im Gedränge am Bahnhof Zoo. Versehentlich kam ich ein paar Minuten zu spät. Sonst war ich echt pünktlich. Woran er mich erkannte, wusste ich nicht. Sein altertümliches Fahrzeug war voll geladen mit Blumenerde, Gartengeräten und Holzlatten. Wir fuhren quer durch die Großstadt und versanken in ein spannendes Gespräch, dass ich nicht gemerkt hätte, wenn er mich entführt hätte. Tat er nicht.

Tat er doch. Denn er entführte mich wahrhaftig. An einen übersinnlichen Ort. Das Auto parkte er auf dem Kopfsteinpflaster.

Er sagte: „Hier geht keiner mit leeren Händen hoch, kannst du die Kiste nehmen?"

„Sicher."

Schwer beladen stapften wir bis in die siebte Etage hinauf.

„Komm, ich zeig dir was", sagte er.

Ich stellte die Kiste ab.

„Folge mir durch die Dachluke ins Freie. Ich gieße kurz die Blumen, dann gehen wir essen."

Ich folgte.

„Essen gehen?", träumte ich, „daraus wird nichts, fürchte ich. Kann ich nur auf dem gelbgestreiften Liegestuhl sitzen?"

Ein Wohlergehen überkam mich, gegen das selbst ich mich nicht wehren konnte. Warum auch? War doch wunderbar.

„Hier, riech mal", sagte er und hielt mir ein frisch gepflücktes Pfefferminzblatt unter die Nase. Da oben gab es vielleicht Sachen.

„Komm wir taufen die Terrassenmitbewohner", schlug er vor.

Die Spinne aus dem Blumenkasten hieß ab heute Pauline und der Grashüpfer zwischen bunter Blütenpracht hinten links Klüwalda. Paulo ging hinunter in die Küche und rief hinauf:

„Also, ich habe eine Zucchini, eine Tomate, eine Zwiebel und Reis. Ich könnte uns was kochen."

„Au ja", rief ich durch die Luke.

„Du kannst ja derweil in den Himmel schauen", meinte er.

„Nichts lieber als das", seufzte ich und streckte die Beine aus.

Pauline und Klüwalda hatten richtig Glück mitten in der großen Stadt so im Grünen zu leben. Oranges Licht überzog die Schornsteinszenerie, als die Sonne hinter hohen Häusern verschwinden wollte. Ein herrlicher Sommerabend. Ich geriet ins Schwärmen und kam mir vor wie in einem amerikanischen Kitschstreifen, in dem verrückte Leute verrückte Sachen auf verrückten Dachterrassen verfilmten. Momentan war es mir verrückt genug die Wassertonne umzudrehen, sie als Tisch zu missbrauchen und in der Oase der Sinne zwischen duftenden Kräutern sitzen zu dürfen. Der Mann servierte in einer Natürlichkeit das Abendessen, als hätte er sein Leben lang nichts lieber getan als das und zur Krönung dekorierte er darauf ein Blümchen für jeden. Allerhand.

Die Luft, das Essen, die Aussicht, der Wein, die Pflanzen, das Licht. Der schräge Typ. So was von schräg. Wie kam ich eigentlich hierher? Irgendwie egal. Wie war das mit dem Genießen des Augenblicks ohne ständig an etwas anderes zu denken? Wie wäre es jetzt gleich damit anzufangen? Leichtigkeit verzauberte mich ein wenig.

Als es dunkel war, machten wir eine Dachterrassen-nachtwanderung und kraxelten über Zäune und Stühle und Gartengeräte und was sonst noch auf benachbarten Terrassen rumlag. Genial. Einfach genial da oben. Am selben Abend flog ich zurück nach München.

„Schade, dass du nicht bleiben kannst", bemerkte er, „ich habe extra nicht getankt in der Hoffnung, wir bleiben liegen und du verpasst dein Flugzeug. Dann hätten wir im Freiluftbettenlager unterm Sternenhimmel schlafen können."

Wirklich schade. Zum Abschied streichelte er mir über die Wange. In seiner Nähe fühlte ich mich wohl. Er strahlte eine Mischung aus angenehmer Ruhe und frischer Lebendigkeit aus.

Am nächsten Tag rief mein neuer Verehrer dreimal an. Mein Alter nur einmal. Nämlich um mitzuteilen, dass unser Kirschbaum vor unserer Veranda abgeholzt wurde und unser abgesäbelter Kirschbaum eine beeindruckende Leere hinterließ. Und dass meine Waschmaschine, die in seiner Wohnung stand, den Geist aufgegeben hatte und was wir denn jetzt damit machen sollten. Wir? Ich hörte wohl schlecht. Jeder trug seinen Teil der Verantwortung. Für kaputte Waschmaschinen ebenso wie für gescheiterte Beziehungen. Das mit der Waschmaschine ärgerte mich nicht eigentlich. Um den Kirschbaum tat es mir Leid.

Gerade legte ich auf, da klingelte es wieder.

„Du, wir wollen doch nächste Woche zusammen einen Kurztripp machen", zögerte die Anruferin, „ehrlich gesagt schaffe ich das nicht. Gleich darauf fahre ich mit meinem Freund weg. Das wird mir echt zuviel."

Schön für dich, dachte ich.

„Macht ja nichts", sagte ich.

„Wenn du willst, kannst du ja mit uns mitfahren", bot sie an.

Genau, zu dritt. Ein frisch verliebtes Paar und ich. Blendende Idee.

„Nee, lass mal", sagte ich, „nett, dass du angerufen hast."

Ich musste mal.

„Augusta, willst du mit?", fragte ich sie, als ich auf dem Klo saß, „ein bisschen Seeluft tut dir sicher gut."

Sie wollte und freute sich sofort auf einen Freiflug, weil sie mit ihrem sanften Holzflügelschlag keinen Ausflug machen konnte im verkachelten Winzigbad ohne Fenster. Bewegungslos hing sie am Deckenhaken fest und verstaubte allmählich. Augusta würde staunen, was es da draußen zu sehen gab. Ja, überwältigende Dinge. Wenn ich raus konnte, dann kratzte mich alles wenig. Was sollte der Geiz. Ich gönnte mir was und machte allein die Biege. Trost ist, was tröstet. Natur tröstet. Leib und Seele sehnten sich nach einer Ereignispause.

Mit halbem Hausstand und zusammengeklappter Augusta, fuhr ich so lange Richtung Nordosten, bis ich auf der Insel Usedom rauskam. War gar nicht weit. Nur von hier nach dort. Es duftete herbstlich und roch nach frisch gemähtem Gras. Dann konnte ich die ganze Welt umarmen und nichts kümmerte mich mehr. In einem kleinen Dorf standen Kühe mit traurig verlorenem Blick auf der Wiese, über ihnen lag Sonnenschein und Wind und Wolken zogen hinweg. Meisstens jedenfalls. Ausgerechnet heute schüttete es. Niemals buchte ich ein Quartier im Voraus, weil man den Aussagen der Hochglanzreisekataloge keinen Glauben schenken konnte und die bunten Paradiesbilder generell getürkt waren. Nachher verschwendete man kostbare Urlaubszeit in einbetonierten Bettenlagern, in denen sich kein Mensch erholt. Die Suche eines Einzelzimmers an Ort und Stelle war mit Ausdauer und harter Arbeit verbunden. Daran konnte einem direkt die Lust vergehen. Entweder gab es schlichtweg keines oder es lag im dunkelsten Kellerloch und war dafür umso unbezahlbarer. Na ja, ich hätte ja auch zu Hause bleiben können. Als ich da gerade wieder hinfahren wollte, weil es so regnete und alles grauenhaft erschien, wenn man kein warmes Plätzchen zum Unterschlüpfen fand, steckte ein Apartmentvermieter den Kopf zum Fenster raus.

„Warum laufen Sie denn im Regen rum?", fragte er.

„Ich suche ein Zimmer", tropfte ich.

„Unser letztes Zimmer habe ich noch. Wenn Sie wollen, können Sie es sich anschauen", erbarmte er sich.

Ich wollte durchaus. Die zierliche Hausdame öffnete umgehend die Tür. Ostdeutsche Zucht und Ordnung herrschte hier, wie es sich nicht gehörte. Der Hausherr saß dick und rund Zigarre rauchend hinter dem Schreibtisch.

„Das Fräulein zeigt Ihnen das Zimmer", scheuchte er sie.

Das Fräulein steckte den großen Schlüssel in das große Schloss der großen Tür. Das Fräulein zeigte das beste Zimmer überhaupt. Meinen Plunder schleppte ich die knatschende Treppe hinauf. Es hörte auf zu regnen und fing erst wieder an, als ich tagelang später abreiste.

Schnell waren Tisch und Stuhl auf die Ostseebehausungsveranda getragen. Ja, eine hölzerne Veranda. Mit Aussicht. Und siebzehn kleinen und großen Fenstern

160

zum Aufmachen und Rausschauen. Eins nach dem anderen öffnete ich, ließ salzige Luft herein und atmete einen ordentlichen Hieb bis tief in die hinterste Bauchnische ein. Ich holte ein Glas Wasser, stützte die Ellenbogen auf die Fensterbank und blickte auf das Meer hinaus. Wellen beruhigten in jeder Lebenslage. Ich war sprachlos vor Glück.

Bei dieser einen Sonderbarkeit von Eingebungen und Orten blieb es von da an nicht.

Die Sonne spiegelte sich in den Scheiben. Was brauchte man denn noch in dieser Position als das Gefühl, wenn der Inhalt eines Glas Wassers einem die Kehle hinten runterläuft und in aller Bescheidenheit eine erfrischende Wirkung hinterlässt? In dem leeren Moment war ich wirklich gern mit mir zusammen. Und spürte, was von innen hält, wenn sonst alles wegfällt. Sich selbst gern zu haben, darauf kommt ja alles an. Man hat doch nur einen einzigen Freund und der ist man selber. War ich dort angelangt, wo jede Suche beginnt? Am Ende? Und niemand soll glauben, dass man dadurch nicht auch stärker werden kann. Irgendwie. Irgendwann.

Am anderen Morgen räkelten sich die Muscheln in erster Wärme, öffneten ihre Schalen und ließen sich trocknen. Die Luft klar und unverbraucht. Ein bärtiger Seemann pfiff mich zurück, als ich mit Volldampf an seinem Fischerboot vorbeirannte.

„Immer langsam, schöne Frau. Warum so eilig?"

„Ja, warum eigentlich?", fragte ich irritiert.

„Wer sich beeilt, der wird nicht ankommen. Der Langsame sieht mehr und erreicht besinnter sein Ziel", sagte er gerade raus, „das muss man wissen, wenn man einen Weg sucht."

Ich glaube bald, der alte Seemann war genauso weise wie der Stein.

Die Strandkorbvermieterin verstand ohne Worte und reservierte einen Strandkorb im stillen Eck. Ohne sandschaufelnde Kinder und motzende Nachbarn. Wer einmal in den Genuss kam, an Nord- oder Ostsee in einem Originalstrandkorb sitzen zu dürfen, der weiss, was es bedeutet die gestreiften Fußablagen rauszuziehen, das Tischchen auszuklappen und es in die dafür vorgesehene Öffnung zu klemmen, um ein Picknick im Wind zu veranstalten. Alles was man isst, knirscht zwischen den Zähnen, der Sand kriecht überall hin und lässt keine Ritze aus. Ich erinnerte mich, als ich klein war und die Familienmeute sich im Ferienstrandkorbdomizil tummelte. Mama trommelte die Kinderschar zusammen, um die unten Schwarz- oben Weißbrotkäsestullen zu verteilen, die es in dieser Ausfertigung nur hier gab. Damals mit zentnerweise Butter dazwischen, dass man den Abdruck der Zähne erkennen konnte. Bei jedem Bissen knirschte es. Heute war alles anders und doch genauso. Heute stritt niemand wer links oder rechts im Korb sitzen durfte. Weil einfach niemand da war. War es nicht besser allein zu sein, als in schlechter Gesellschaft? So allein war ich ja gar nicht. Ich fühlte mich nur so. Im Moment war ich das auch am liebsten und konnte rumträumen, so oft und so lange und was und wovon ich wollte und musste nicht erklären wieso ich etwas gut fand und wieso nicht. Eine lange Weile glaubt man, man braucht niemanden sonst als sich. Was natürlich nicht stimmt.

Unbedauerlicherweise verließen die Strandteilnehmer gleichzeitig den Strand. Gebuchte Halbpension. Es gab pünktlich Essen. Wie spät war es eigentlich? Egal. Eine Woche keine Uhr und keine Schuhe und der Beginn der Entwöhnung präziser Zeiteinteilung.

„Dem Glücklichen schlägt keene Stunde, wie?", zog ein Urlauber reumütig von dannen.

Sächsischer Slang am Strand ist das Schlimmste, was einem passieren kann. Die erholungssuchende Bevölkerung hatte selbst die gesamte Urlaubszeit haargenau verplant.

„Ach, geht es Ihnen gut", drehte er sich um.

Selber Schuld, dachte ich, wo es jetzt erst richtig schön wurde. Aber das verriet ich ihm nicht. Musste er schon selber drauf kommen.

Es begann zu dämmern. Der Himmel brannte. Da war ich vom Ufer nicht mehr weg zu bringen. Aufs Wasser schauen. Mehr nicht. Die Idee setzte sich fest, ich müsste am rauschenden Meer leben, oder wenn das nicht klappen wollte, dann wenigstens an einem See. Nur gibt es am See keinen Horizont, weil meist ein dicker Berg oder sonst etwas Dickes zwischen Himmel und Wasser steht. Seitdenn es ist nebelig. Dann kann man die Berge und das andere Ufer nicht sehen und schon ist da doch ein Horizont. Wenn auch ein vernebelter. Über kurz oder lang musste ich mich der städtischen Geräuschluftverschmutzung entziehen. Darüber dachte ich wann anders nach.

Weil die Gelegenheit so günstig war, schrieb ich doch eine Flaschenpost. Lieber hier als anderswo. Den echten Horizont überschummeln und den kostenlosen Meeresstrompostboten in Anspruch nehmen. Auf einen weißen Zettel malte ich in sauberer Handschrift meine geheimen Fragen an den Himmelswärter. Dann das Papier zusammengerollt, in eine Flasche geschoben und fest mit dem Korken verschlossen. War total keine Kunst. Das konnte jeder. Am anderen Morgen schlich ich zum Strand hinunter. Eine Möwe kreiste in Sichtweite. Ach eine Möwe, die hat es gut. Muss sich um solchen Kram nicht kümmern. Fliegt so viel im Kreis wie sie will, zieht ein paar Würmer aus dem Sand, sucht sich ein lauschiges Plätzchen und ´ne heißgeliebte Möwenfrau. Und keiner regt sich auf über ihr faules Vogelleben.

Ich wartete auf den bärtigen Fischer, der die Post mit auf See hinaus nehmen sollte und erklärte ihm die Wichtigkeit des Flascheninhalts.

„Ich verspreche dir", willigte er ein, „sie in der richtigen Strömung ins Wasser zu werfen, damit sie am Ende des Meeres und am Anfang des Himmels ankommt."

„Danke, Seemann. Ich bin ein bisschen gespannt", sagte ich aufgeregt.

In der heutigen Abendlaune spazierte ich am Wasser entlang. Bei Dunkelheit vom Mond beschienen. Bis zu seiner vollendeten Rundung fehlte nur ein winziges Stück. Rechte Zeit eine Fastvollmondparty zu improvisieren. Am Strand saß eine Gruppe Jünglinge, die Party samt Lagerfeuer hatte schon begonnen.

„Was spazieren Sie zu später Stunde hier rum?" fragten sie, „gesellen Sie sich zu uns."

Ich ließ mich in den Sand fallen. Zu pubertierenden 15-Jährigen auf Klassenfahrt. Sie taten als wäre ich eine Autoritätsperson in Person. Ich bat mehrere Male darum mich beim Vornamen zu nennen.

„Wollen Sie Wein mit uns trinken, Frau Achwiehie-
ßen Sie noch?" fragte ein armselig Bepickelter im
Stimmbruch. Konnte einem ja irgendwie Leid tun der
Knabe. Was die Natur anstellt.

„Wenn ihr mich noch einmal mit Sie und Frau anre-
det, dann knallt es", sagte ich säuerlich, „Wein? Ja gerne."

„He Tobi", schrie einer über den Strand, „die Frau
will auch von dem Wein. Bring mal die Flasche rüber."

Die Frau, die ich selber war, nahm einen anständigen
Schluck von dem billigen Fusel. Teuer vom Taschengeld
erstanden.

Da musste man erwachsen werden, ohne es zu be-
merken und musste sich das von Teenies auf die Nase
binden lassen.

„Sind Sie Single?", fragte einer neugierig.

Wollten die mich vernaschen oder was, damit sie bei
ihren Kumpels angeben konnten, es schon mal mit einer
erwachsenen Frau gemacht zu haben? Wollten sie nicht.

„Ja", gestand ich, „warum fragst du?"

„Na ja, die Frau unseres Klassenlehrers ist abgehau-
en. Jetzt sitzt er allein auf seiner Bude. Vielleicht ist das
einer für Sie. Der ist schwer in Ordnung."

„Ach, wisst ihr ...!"

Nach diesem wundersamen Tag guckte ich im Spiegel
versehentlich sehr tief in die eigenen Augen. Licht aus,
Licht wieder an und noch mal genau hinschauen. Erwachsen. Ich nahm mir vor zu einer ernsthaften Person
zu werden. Das kam mir wie eine erwachsene Geste vor.

Auf dem Rückweg von Usedom wollte ich eine Stippvisite bei Paulo in Berlin machen. Stattdessen rief ich an, um ihm mitzuteilen, dass es unmöglich sei die Insel zu verlassen, weil der Himmel blau war. Kein Grund zu fahren. Das konnte er gut verstehen. Wenig später lehnte ich am Laternenpfahl. Der Zug rollte ein und Paulo stieg aus. In Jeans, schwarzen Rolli, Alukoffer unterm Arm und blond gefärbten Engelslocken. Er roch sehr gut.

Endlich war Vollmond. Wir setzten uns auf einen Steg, ließen die Füße ins Wasser baumeln und futterten Pizza mit Knusperkante drum herum in uns hinein. In seinem mysteriösen Koffer schleppte er eine übergroße Flasche Wein an.

Von dem Steg aus ertränkte ich die letzten Tage in Gedanken so manches und manch einen. Wenn ich mich ziemlich genau konzentrierte, sah ich wie das Salz das Fleisch der menschlichen Gestalten zerfraß und die Wellen die restlichen Fetzen nach unten sogen. Auf den Meeresboden. Nie wieder auftauchen sollten sie. Weg damit. Gnadenlos. Ade ihr. Rückblickend sah ich vieles anders. Ich lernte über die Wichtigkeit ertränkten Geschöpfen verzeihen zu können, über die Wichtigkeit jemanden gehen zu lassen und über die Wichtigkeit niemandem mit eigenen Gefühlen im Weg zu stehen.

Dieser Mann, der auf dem Steg neben mir hockte, besaß das außerordentliche Talent komplizierte Gegebenheiten einfach auszudrücken. Das machte ihm so schnell keiner nach.

„Willst Du auch was ins Meer werfen?", fragte ich ihn.

Er überlegte. Und überlegte.

166

„Die Angst vor der Liebe", sagte er kurz.

Schluck. Gut, dass du mich daran erinnerst, dachte ich und sagte vorläufig so etwas wie das wäre schön in mich hinein.

Den Rest der Nacht streuten wir Meersalz ins warme Badewasser und setzten uns mit Champagner in der Hand hinein. Bisschen dekadent für meine Verhältnisse. Keine Diskussion, wer auf dem Stöpsel sitzen musste. Er vermittelte etwas vom Erwachsensein, wie es mir gefallen konnte.

Und dann passierte entsetzlich lange nichts mehr.

Wundersame Reise

Wer reist, der tut es,
um Augen und Ohren zu öffnen
und seine Seele zu erleichtern.

Der Herbst verging ohne spektakuläre Zwischenfälle.
Außer einem. Meine unersättliche Neugier kehrte zurück.

An den Tag, an dem ich beschloss nach Sri Lanka zu
fahren, erinnerte ich mich nicht. Vielleicht war es gar
keiner. Ich musste noch einmal ans Meer. Das Meer tat

gut wie sonst keiner. Derartiges hätte ich nicht unternommen, ohne es als Auftrag von innen zu empfinden.

Sich für die richtigen Schuhe zu entscheiden, ist bei jeder Reise ein Kunststück. Ceylonesische Füße brauchten nichts anderes als Badeschlappen, bei denen ein Riemen zwischen dem großen Zeh und dem daneben verlief.

Habe ich alles? Pass, Ticket, Geld. Den Rest gab es anderswo ebenso.

Draußen war es novemberekelkalt, aber das störte mich nicht mehr. Und plötzlich Linksverkehr, schlechte Luft, bunte Märkte, Menschen zwischen Dreck und Armut. In Colombo war wirklich nichts schön. Das erste Bett war ausnahmsweise vorgebucht. Kofferträger in weißem Anzug mit Hut und Handschuhen in der gleichen Farbe nahmen sofort den Rucksack ab. Ich grinste verlegen. Grinsen war immer gut. Alle anderen grinsten auch.

„Kann ich bitte ein Zimmer im alten Gebäude bekommen?", fragte ich den Portier.

Statt zu antworten, verschwand er mit mir hinter den Gittern des quietschenden Fahrstuhls, der sich mühevoll in die zweite Etage hinaufschob.

„Alt genug?", fragte er jetzt.

Oh ja. Lange Gänge, hohe Holztüren, roter Teppich und knatschende Dielen darunter. Die Fenster so groß wie Flügeltüren. 243. Mein Zimmer. Bisschen stickig. Ventilator an und Fenster auf. Ahhh, da war es wieder. Mein Lieblingsgeräusch. Das Rauschen des Meeres. Einen Moment auf das Bett legen und zuhören. Die Luft war feucht. Endlich duschen und sofort wieder schwitzen.

169

Ein Junge stellte Papayascheiben mit Limonen zum Darüberträufeln und eine Kanne frischen Zimttee auf einem Silbertablett vor die Tür. Schüchtern klopfte er an und verschwand ohne ein Wort zu sagen. Über das Fleisch dieser außergewöhnlichen Frucht und dessen Farbe freut sich der Bauch schon vor dem Reinbeißen.

Als allein reisende Frau sollte man niemals die Wahrheit sagen. Die zurechtgebastelte Geschichte bekam erzählt, wer sie hören wollte, nämlich dass mein Gatte ganz wichtig in der Stadt zu tun hatte und erst am Nachmittag nachreiste. Selbstverständlich brachte er unser Kind mit. Dann drehte ich auffällig am getürkten Ehering und zog das geliehene Foto von Mann und Nachwuchs aus der Tasche. Wollte man nicht meilenweit von männlichen Geschöpfen verfolgt werden, musste man hier lügen. Was dann andauernd geschah. Einmal sprach mich ein orange gekleideter Mönch ohne Haare auf dem Kopf an. Das durfte er bestimmt gar nicht. Vielleicht war ihm langweilig bei all den schweigenden Zeremonien. Er führte mich durch seinen geschmückten Tempel und zeigte mir alles ganz genau. Auch sein Schlafzimmer. Das durfte er bestimmt auch nicht. Nicht mal hier machte Männlichkeit eine Ausnahme. Die getürkte Mutterrollengeschichte, die ich auch ihm erzählte, rettete mich einerseits und plagte mich andererseits nächtelang mit schlechtem Gewissen, weil ich einen echten Mönch angelogen hatte. Er war selber Schuld. So.

Am Bahnhof von Colombo wartete ich auf einen Zug in die Berge, ganz angetan vom Treiben auf den Gleisen. Sie waren übersät mit schokoladenbraunen Menschen.

Alle sehr beschäftigt, doch keine Hektik zu spüren. Gegenüber stand eine weiße Frau mit großem Rucksack und ragte unübersehbar hervor zwischen den grazilen Einheimischen. Ein unvertrauenswürdiger Mann ließ nicht locker sie von etwas überzeugen zu wollen. Hoffentlich hatte sie auch eine Geschichte samt Foto zum Unterjubeln parat, dachte ich. Ein Zug schob sich dazwischen und ich verlor sie aus den Augen. In drückender Hitze schlich sich Wind unter das T-Shirt und kitzelte meinen Bauch. Fühlte sich gut an gestreichelt zu werden. Auf die Bahnhofsbank setzte sich eine sehr dunkle Frau und betrachtete mich lange, bis ich lachen musste und sie lachen musste. So weiße Zähne hatten mich noch nie angestrahlt. Übersetzt bedeutete Sri Lanka: Edle Leuchtende. Wenn ich mir diese Frau anguckte, würde ich sie genauso nennen. Ich fragte sie, ob ich auf dem richtigen Gleis auf den richtigen Zug wartete. Pünktlichkeit war hier ein Fremdwort. Plötzlich nahm sie mich bei der Hand und schleifte mich durch übereinander gestapelte Obstkisten und Menschenmassen und lebendige und schlafende Hühner und schwere Reissäcke und Lieferkarren voller Teeblätter auf ein anderes Gleis. Sie drängelte sich durch das Gewühl und gab mir zu verstehen ihr zu folgen, um im überfüllten Zug einen Platz zu ergaunern. Was ihr gelang. Sie setzte mich ans Fenster und verabschiedete sich lachend. Dann drehte sie sich noch einmal um.

„I go and get your friend", sagte sie.

Welchen Freund frage ich mich.

Eine Minute später schleppte sie die weiße Frau vom Gleis gegenüber an und setzte sie neben mich.

„God send me, to help you", strahlte sie.

Dann war sie verschwunden.

„Hallo, ich bin Frauke", sagte ich.

„Hallo", sagte die Frau, „ich bin Lisa."

Im alten Abteil juckelten wir auf unbequemen Holz-
bänken vorbei an Palmen und Reisfeldern und Grün, so
weit das Auge gucken konnte. Von mir aus wäre ich den
Rest des Lebens ein Passagier, der in gemächlichen Zügen oder schaukelnden Bussen fuhr und aus dem Fenster guckte. Ich konnte mich nicht satt sehen.

Lisa erzählte von sich. Sie hatte komische Eigenarten
und machte ungern konkrete Pläne für morgen. Und
doch schmiedeten wir jeden Abend Pläne für den
nächsten Tag, die wir grundsätzlich nicht einhielten. Das
war toll. Auf die Zuverlässigkeit des Himmels war Verlass. Wir kletterten auf heilige Hügel, um von oben run-
terzugucken, umgeben von riesigen Ruinen im Palmen-
dschungel. Wiederbelebung der Sinne auf farbenfrohen
Märkten. Schwer begeistert war die Nase, eingetaucht in
einzigartige Düfte von Zimt und Kardamom. Meine
Augen sahen alte Männer, deren tiefe Falten mit Staub
gefüllt waren. Hier war noch einer für den anderen da.
Ohne vorgegebenes Tempo. Zeit existierte nicht. Sie
hatte alle Bedeutung verloren. Morgens ging die Sonne
auf, abends ging sie unter. Nur das zählte. Alles andere
war nicht wichtig. Die Einfachheit der Dinge des Lebens fing an mir zu gefallen. So arm und doch so reich
waren diese Menschen, die kaum etwas anderes besaßen
als sich und Natur.

Mitten im Dschungel traf ich Thilo. Thilo hatte Aids
im Endstadion. Thilo war lebendiger als jeder andere,
den ich kannte.

„Die verschwenderische Großzügigkeit der Natur ist für mich die einzige Antwort, die Aufschluss gibt", berichtete er, „jahrelang würge ich Pillen so groß wie Kieselsteine und so chemisch, wie etwas nur chemisch sein kann, in mich hinein. Schluss damit. Die Natur ist die einzige Therapie. Komm wir stellen uns unter den tosenden Wasserfall da unten."

„Wenn Du meinst", zuckte ich die Achseln.

„We can move the mountains. We can touch the sky", sang er tarzanmäßig durch den Dschungel.

Noch nie hatte ich mich so beschützt und sicher gefühlt.

„Inmitten industrieller Bequemlichkeit haben die Menschen das Gespür fürs Leben verloren. Woher wollen die mehr von Realität wissen, frage ich dich?", fragte er mich.

„Weiß ich mal wieder nicht", zögerte ich.

„Gut so", sagte er, „weil nämlich hier draußen die Realität ist. Im Naturparadies findest du alles, was du wirklich brauchst. Der Rest macht dich nur krank." Er fragte: „Kannst du die Schönheit sehen, auch wenn es nicht jeden Tag schön ist?"

„Kannst du?", fragte ich, statt zu antworten.

„Aber ja", brüllte er, „du musst nur hingucken."

Dann rief er durch den Palmenwald, dass alles Wahnsinn sei.

Das hatte der Welterschaffer sicher damit gemeint, als er die Natur herschenkte. In eigentümlicher Weise vereinten sich Pracht und Grausamkeit der Schöpfung in Thilo. Die Welt war eine komische Welt. Über alle Maßen schön und schrecklich zugleich, dachte ich, als die Wucht des Wasserfalls auf mich niederprasselte. Eine ähnliche Wassertherapie verchlorter Art in verkachelten Bäderlandschaften kostete einen deutschen Heideneintritt.

Zufällig schlenderte ich am Strand entlang. Noch zufälliger stand da ein Häuschen auf Stelzen. Zufällig zog ich sofort ein. In den Holzhüttenturm mit Aussicht. Zufällig mit Veranda davor. Zufällig direkt am Wasser. Ich träumte. Gleich wusste ich, dass ich nicht nur ein paar Tage bleiben konnte, um der Seele Zeit zu schenken dem Körper nachzureisen. Der Mann von nebenan war mir gleich aufgefallen. Vom ersten Moment war klar, dass es kommen wird, wie es kam. Begierde lag in der Luft.

„Wollen wir zu einer Party gehen?", nahm er mich bei der Hand.

Lagerfeuer am Strand. Barfuss im Sand tanzen. Wir bestaunten uns wie Wesen aus dem All. Mich verschlangen die dunkelsten Augen, die ich je gesehen hatte. Die Bewegungen seines wohlproportionierten Körpers machten mich schwindelig. Alles passte zusammen an ihm. Eine Einheit. Ich konnte nicht widerstehen. Er stand vor mir und ich wartete gespannt. Er küsste mich auf den Hals, auf die Wange, auf die Nase und dann auf den Mund. Einer von denen, der wirklich küssen konnte. Der Mann war nicht schön. Er war wunderschön. Absolut alles war schön an ihm. Wir tanzten und küssten und küssten und tanzten. Aber ich schlief in meinem Bett. Allein. Heute zumindest. In drei Tagen ging der Flug zurück.

Ging er nicht. Ferienverlängerung. Aus einer Nacht wurden viele. Es klopfte an die Hüttentür. Da stand er mit einem seligen Lachen. Er trug ein Hemd und einen Sarong. Darunter nichts als Haut. Glatte braune Haut. Er küsste mich sanft. Aneinander geschmiegt tuschelten und kuschelten wir unterm Sternenhimmel. Meine Hand in seiner vergraben. Ich hatte vergessen wie es ist, wenn sich jemand um einen kümmert. Wir waren ständig in Berührung. Er duftete verführerisch nach Mensch und Haut. Nichts anderes als sündhafte Nächte ausleben wollte ich. Das hatte ich noch nie getan. Ich kannte mich selbst nicht mehr. Oder noch nicht. Ausgehungert nach Zärtlichkeit und Streicheleinheiten. Ich wusste nicht, wo sein Körper aufhörte und meiner anfing. E-benso wenig wusste ich, was genau wir uns zu sagen hatten. Unser Gesprächsstoff war außerordentlich begrenzt. Das machte aber nichts. Es war so einfach mit ihm. Da wurde nicht hin- und hergeredet. Ich fand daran Gefallen, wie unbekümmert er war, weil ihn keine Zweifel, keine Selbstkritik und keine Gier plagten. Bedürfnislose, unerreichbare Herrlichkeit.

Ich, die heimliche Geliebte einer sporadischen Auslandsaffäre. Auf einer Veranda. Am Meer. Samt Papaya mit Limonen und Zimttee. Kein Traum. Wirklicher wurde es nicht mehr. Und hier wollte ich mir klar werden und die Sache gründlich überlegen. Entscheidungen treffen für mein weiteres Leben. Mein Hirn schwieg. Ich musste nichts mehr wollen und müssen und denken. Nicht, was man bewusst anstrebt, sondern was die Seele braucht, das geschieht. Nichts war mehr wichtig. Nichts dringend. Ich durfte einfach da sein.

Am 6. Dezember erinnerte ich mich an den Tag, an dem alles zu Ende war. Ich war selig ein Jahr überstanden zu haben. Jedes Datum voller Erinnerungen durchlebt. Zur Feier dessen saßen wir in sorgloser Heiterkeit vor der Hütte, lutschten zuckersüßes Fruchtfleisch von saftigen Datteln und veranstalteten einen Dattelkernweitspuckwettbewerb. Ein Vergnügen für Eingeweihte. Wir gackerten uns kaputt darüber, dass einer seine Badehose verkehrt rum auf dem Kopf trug. An Tage wie dieser und an Lachen wie dieses erinnerte man sich immer. Wenn ich doch noch so lachen konnte, war ich da ganz verloren?

Unter der Stelzenhütte wurde eine Schildkröte geboren. Ein alter Fischer hob sie auf und hielt sie auf seiner verschrumpelten Handfläche.

„Diese Schildkröte steht in geheimer Beziehung zu dir. Sie soll deinen Namen tragen", sagte er. „Ihre Geburt richtet dir eine Botschaft aus", fuhr er fort, „dein Leben wird sich in Kürze verändern. Folge deiner Intuition."

Er setzte die Schildkröte ins Meer und verschwand. Dieser Fischer hinterließ einen sonderbar zwiespältigen Eindruck aus einer fernen Welt. Ich verschwand auch und zwar nach Hause.

„Da bist Du ja endlich. Wir haben uns solche Sorgen gemacht. In so einem gefährlichen Land ganz allein. Hattest Du keine Angst? Wie war es denn? Erzähl doch mal was. Nun bist Du ja wieder da, wo Du hingehörst", sagten sie.

Ich gehörte nirgends hin. Und ich hatte keine Angst.

Sri Lanka veränderte mein Leben. Oder war es die Schildkröte?

176

Das ganze Ausmaß der unausweichlichen Wandlung erahnte ich erst später. Es dauerte ein paar Monate, bis die äußeren Umstände die Alltagswirklichkeit unerträglich machten. Ich musste mich entziehen. Nicht nur für Wochen. Manchmal blieb einem nichts anderes übrig, als seinen eigenen Weg zu gehen.

Wie weit kam man mit beschränkten Mitteln und zusammengekratztem Kleingeld? Mit großen Träumen ist man stärker als mit allen Fakten. Ich löste meinen Bausparvertrag auf. Davon kaufte ich Zeit und bequeme Schuhe. Ob das gut ging? Das wusste ich nicht. Vielleicht kam es auch ganz anders. Das war ja das Schöne, dass ich es eben nicht wusste und auch nicht wissen musste. Was ich brauchte, war eine Fülle von Sinnhaftigkeit und eine Portion Selbstvertrauen. Und zwar jetzt. Nicht irgendwann später. Solange ich so wenig von den wirklichen Dingen wusste, hatte es keinen Zweck mich mit Unwirklichem zu beschäftigen. Ich musste wissen, ob es irgendwo auf der Welt anders ist, wo es mehr Leben gab. Dann sahen wir weiter.

Jeder Tag ist ein neuer Anfang. Der Kluge behält, was er braucht und verschenkt den Rest.

Abhauen fing an mir Spaß zu machen. Drum herum passierten wunderbare Geschichten. Ich begab mich auf eine lange Reise und durfte endlos staunen.

Danke an die, die mich ausge–halten haben.